文芸社セレクション

こころのゆうき

千川 ゆう

文芸社

目次

はじまりの光……5
宿命の出会いと絆……7
勇気の背中……14
真剣勝負……25
突然の別れ……32
勇気を求めてＤＩＤ……37
希望と挑戦……47
弱い心と命の選択……59
永遠の絆……67
誇りと旅立ち……84

はじまりの光

――あっ、あぁああ――


透明感のある真っ白な光に覆いつくされ、気が遠くなり意識まで掻き消された――

その瞬間から数時間？　それとも数秒だったのか？　気がついた時には
「わっあっ――すっスッゲェ――」

濃い影とオレンジ色で描かれた鱗の隙間から、ゆらゆら揺れる真っ赤な太陽が、稜線に横たわる巨大な赤龍に見えた。恐ろしくも、美しい姿に見とれていると、その赤龍の胴体が大きく波打った瞬間、歪んだ空間の中心から衝撃波が襲ってきた。その衝撃に体が仰け反り、宇宙飛行士のように宙返りしていた。

「あれっ、空飛んでる……？」暗い青の中にポツポツと見える光、その景色から徐々に色の付いた街並みが現れ、見慣れた校舎の時計が逆さに見えたが、午後四時四十五分を指していた。更に回転し体が地上と平行になると、無重力な空間でフワフワと浮く体と対照的に、激痛を伴う叫び声が、心臓をビリビリ突き刺してきた。

「ゆうぎぃ――、こっ、ごころぉ――」顔を歪め、喉を涸らし懸命に叫ぶ荒木清太、口を開けたまま呆然として突っ立つ下山昭人(しもやまあきと)……小さな体を震わせ両手で顔を覆い、声を失って泣き崩れる篠原穂香(しのはらほのか)、さっきまで一緒にいた幼馴染だ。カバンは放り投げられ、穂香(ほのか)の横には蝉(せみ)の抜け殻のような濃い色の影が震えていた。眼下で得体の知れない何かが蠢(うごめ)く映像に、心臓は激しく音を立て波打ち、その心臓を悪魔の鋭いツメに引き裂かれた様だった。

激しい痛みと吐き気に襲われながら、更に回転していくと、白いワゴン車と、その三メートルほど先には異様に歪み折れ曲がった体。その体を押し上げるカバンからはグローブがこぼれ、身動きせず頭を覆う様に広い範囲で、ドス黒い血が闇黒を描いていた。

「……これは夢だ……」宙返りが終わり、目の前には太陽に代わった金星が誇らし気に輝いていた。その誇らしさと真逆に、内臓を含めた体中がガクガクと震えた。足元を見ると人々の怒声、揺らめく街灯(まちあかり)はまるで蜃気楼のようだった。その光景は何故宙に浮いているのか？　何故みんな泣き叫んでいるのか？　その理由を教えてくれた。

「死んじゃった……？」ガクガク震え、溢れ出す涙で景色はボヤけ、大地震のように大きく揺れた。ありったけの声で父と母を呼んだが――何も返ってこなかった。

恐怖だけがどんどん大きく膨らみ、気が遠のき、また光の泡に包まれていった。

――時々自分が心(こころ)なのか勇気(ゆうき)なのか……わからなくなる――

宿命の出会いと絆

「名前決めたぞ！」自信満々の声が聞こえてくる。

「決まった？　良かった。早く教えて」心を躍らせた母絆琉(ほたる)の手は、リズムよく優しくお腹を擦(さす)っていた。その手の温もりと動き、感覚は今でも鮮明に覚えている。

「よーし、発表するよ……じゃじゃじゃぁ～ん」

「おっおぉ～筆で書いてくれたのね。勇気(ゆうき)の心(こころ)！　いい、パパさんいいよっ、頑張って健康な子供産むね！　みんなで幸せになろ……ぐひィ」母が涙を流したり、笑ったりするとその喜怒哀楽は、お臍(へそ)を通して匂いや感覚で感情が伝わってくる。

僕達は建築家の如月守(きさらぎまもる)と絆琉(ほたる)の間に一卵性双生児として、母のお腹に宿った。この物語は数々の障害を乗り越え、奇跡の『甲子園優勝』を果たした儚く切ない不思議な運命の物語だ。

「勇気(ゆうき)に心(こころ)……いいだろう！」

「うん、うん『心(こころ)に勇気(ゆうき)』いい！」母の嬉し涙は甘酸っぱい味がした。

「よし改めて俺も頑張って仕事するぞぉ～」張り切った二人の声は心地よく響いた。

――僕がゆうき？　それともこころ？――

「負けないで　もう少し　最後まで　走り抜けて――んっんん――」

　母は結構歌が上手い。僕達はお腹の中で聞きながら、リズムを取り、踊り、時には蹴り合いながら？　順調に育った……と思っていると事件が起きた。

「やばい、やばい……ホントやばい」母は苛立ったように、ドタドタ歩き回っていた。

「わっぷぷ……」母の歩行に合わせ僕達も激しく揺れ、お腹の中でひっくり返った。

「あっパパさん……あ、あのね私、入院だって」

「はっ、はぁ～あ、入院？」ビックリした父の声がスマホのスピーカーを通して聞こえた。

突然理由も言わず「入院」と言われたら、父だけじゃなく僕達もビックリするし、ひっくり返って元に戻れなかった。同時に母の苛立ちと焦りで息苦しくなり、二人でシンクロしたように、母のお腹を蹴ってしまった。

「ぐっう……こいつら……今は静かにしろ！」状況を知らない母の反撃で、ひっくり返ったまま、お腹を押えられ身動きできなくなった。このままでは僕達は、二人とも逆子になって……それこそヤバイ。手を放してと叫びたかったが声は出せない。

「んっ、俺？　静かに……なっなに言ってるの？」父の頭の中もカオス状態だ。

「ん？　あっなんでもない……」そう言って手を放してくれたので、息苦しさからは解放されたが――が逆子状態のままだった。

「それより、なんで入院？」

「うん、高血圧症候群だって……すぐ戻ってこれる？」

「なんだぁそれ？　……大変そうだけど……」低血圧だと自認する父には理解できないと思うが、それより見るからに健康そうな母から病気のイメージが出来なかったのだろう。

「私は不思議と大丈夫なんだけど……血圧が二百超えて胎盤内の血管が傷害受けてね、子供達に酸素や栄養がいかなくなって、子供達が育たなくて……幕張総合病院に紹介状持って、直ぐ行って入院してくださいだと……」明らかに母もカオスっていた。

「大変じゃん……わかった……直ぐ行く」という訳で父も戻り、幕張総合病院に向かった。病院に着くと慌ただしく診察が始まり、そのまま緊急入院。

　その結果、僕達はあっという間にこの世界に出る事となった。

「えぇ～また二百を超えてる……」毎回血圧を測ると異常な高さで、お腹を少し強めにさすっていた両手の動きで、母の滅入っている様子が伝わってくるが、母の容態は血圧だけが異常で、それ以外健康な人との違いはなかったようだ。

「ゴメンね、本当にゴメン……本当はもっと大きくしてからなのに、私が育てられなかったからゴメンね。障害があったらどうしよ……」悲しい涙の匂いで僕も悲しくなる。

「泣くな、子供達が心配するだろ。それに絆琉が悪い訳じゃないし、この子達は早く出て活躍したいんだよ。どんな障害があったとしても僕たちの子供だ！　何も心配いらない。

人は何か失うと、何かを得られるように平等なんだ。それに何があっても絶対に守る！」普段は母に頭が上がらず負けてるけど、いざという時はいい事をいう。

僕は居心地のいい母のお腹の中に、もう少しいたかったけど、息苦しく、意識が朦朧となり耐えられそうになかった。お向かいさんも苦しかったのか？　それとも出る気満々だったのか？　少し前にいる僕を押しのけようとしていた。

その日はいつもより慌ただしく、多くの足音と金属音が「バタバタ、カチャカチャ」と聞こえ、母の心音もいつもより早く大きく伝わってくる。

「こころ、ゆうき頑張ろうね！　パパさん頑張るね……」

「大丈夫、絶対手術は上手くいく。絆琉(ほたる)頑張れ！」

根拠がある訳ではないが、父の確信的な言葉に母と共に励まされた。そして手術台の上に乗ると、かなり明るい照明が母のお腹を照らし、皮膚を通して透明感のある赤色が、まだ塞がれた瞼(まぶた)全体に鮮やかに広がった。同時に母の鼓動は更に激しく動き、繋がれたお臍が波打ち緊張感が伝わってきた。

普通の人より三カ月も早く生まれるのだから、体はまだ成長途中で手足も自由に動かない状態だ。本当に大丈夫なのか、お腹を出るのは不安しかなかった。

「ゆうきの心(こころ)、こころの勇気(ゆうき)……」母の鼓動はドンドンと早まり、手術台では僕達の名前を交互に念じていた。同時に息苦しさが増し、意識がぼやけ体の力が抜けていった。

「うっぷぅ……うっ……もう限界がぁ……」その時、瞼(まぶた)越しに赤から白色に明るさが広がり、大きな手が僕の体に触れたので「たっ助かったー」と思った。

が……横にいたお向かいさんが体を捩じると、大きな手は僕をすり抜けた。

「ふっふぎゃ……」母が念じたのは「ゆうき」だった。

この瞬間、僕の名前が「こころ」に決まったが、それどころじゃなかった。

「うっぷぅ……」本当にもう駄目だと諦めた――が、間一髪取上げられ助かった。

「ふひぃ……」産声は勇気より小さく情けないほどだったが「こころ」と母の優しく嬉しそうな声がはっきり聞こえた。その声で生まれて良かったと思えた。

僕はこの日から『心』という名の『勇気』の弟になった。僕達の体重は衝撃の六百二十五gだった。お腹から出て直ぐ保育器に入れられたので、僕達を抱けなかったと……悲しそうに母が何度も話していた。

慌ただしい聞きなれない声の中、不安な時を過ごしていたが「ゆうき、こころ」と遠くから優しい声が近づいてきた。「お母さんだ」と直ぐにわかった。母は、どちらが勇気で僕なのか知っていて、耳元で「こころ、ゆうき」と交互に名前を呼んでくれた。聞きなれた優しい母の声が本当に嬉しかった。

勇気は両手両足を思いっきり伸ばし、体に巻き付けられた色々な装置の線を蹴とばしていたと、当時の様子を母は笑いながら話してくれた。勇気の表現方法は、お腹の中、出てからも活発で積極的だった。僕は先に出て兄になりたかったが、いつの間にか勇気の動きを見るのが楽しく、憧れを抱き、弟で良かったと考える様になっていた。

でも僕の手足は動くのが苦手なようだった。病院生活は目のレーザー治療、鼠経ヘルニアの手術など、障害の度に母は「ゴメンね」と泣いていた。

母は毎日僕達の所に来て「負けないで……」と口ずさみ、いっぱいミルクを飲ませてもらい、小さなお風呂で体を洗ってもらっていたが、一足先に退院したのか、母の声が聞こえなくなり、寂しさと不安でいっぱいだった。

それでも病院では時々来る母と優しい看護師さんに育ててもらい、二人とも二千八百gまでに成長し退院する事が出来た。母は僕達を強く抱きしめ、僕の頬に暖かい涙が零れた。

家族そろっての生活が始まり、仕事でいつも遅い父が珍しく早く帰ってくると、

「パパさん、ゆうきとこころをお風呂に入れて」僕は嫌な予感しかしなかった。

「おおぉ、任せとけ」父は嬉しそうに、お風呂に直行だ。

「ぶびィ、ぶくぶく……」予感は的中した。それでも勇気は運動神経がいいのか、僕が沈んでいるのに、手足をバタつかせ水中で泳いでいる様だった。

「心、頑張れ、勇気は泳げるっ……」バッチーん平手打ちの音が響いた。

「何やってるの！」お風呂に飛び込んできた母が、父の裸の背中を思いっきり叩き、二人を取り上げ助けてくれた。本当に溺れ死ぬかと思った。

「いってぇ～～、痛いよ」と父は言っていたが、ざまーみろだ。

「あったり前でしょ！　二人とも沈んでるでしょ」

「いっいや、水中出産のテレビを見て……泳げるかなと」母の手から思いっきり父の顔目

掛け、足を延ばしキックしたら珍しくヒットした。

「ぶっぎぃ痛ってぇ……心(こころ)ぉ怒ってるの？　すみません……」しかめっ面で謝ってきた。

それにしても勇気(ゆうき)はニッコニコで、もう少しで泳ぐところだったのには本当に驚いた。

――勇気(ゆうき)は天才かもしれない――

僕達は小学を卒業するまで、何らかの障害が出る可能性があるため、月一回定期健診を受けていた。失明の可能性があると言われた目も、レーザー治療効果で、ボヤケているが表情とか見える様になった。しかし勇気(ゆうき)が左、僕の右手が不自由だった。その原因に軽い脳性麻痺の疑いを指摘され、その影響からなのか言葉を発するのが苦手で、二歳を過ぎてからやっと片言に言えるようになった。

それでも僕達は本当に運が良く、大きな問題を抱えず無事入学式を迎えた。

「二人とも偉いね……良かった……本当に良かった、よく頑張ったね」と、泣き虫母は、せっかくのお化粧を涙の川で掻き消していた。父の目にも涙が零れそうだった。

勇気の背中

父と母は六百二十五gという超未熟児、障害がある僕達を育てるため、色々なアイディアを尽くした。その努力が詰まった僕達の家、日常を大まかに説明する。リビングには母自慢の開閉式の大きな吹き抜け、そこに二階の天井から吊るされたロープ、ボルダリングの壁、そこから反対側の壁まで雲梯が渡り、時々物干しになる。

『裸ん坊で遊べる家』というコンセプトで断熱性能が高く、開閉式の吹抜けは、家全体の空気を循環させる役目と、僕達を鍛える空間を演出していた。二階のバルコニーから外階段で屋上に上がると、隣に迷惑にならないよう手摺が高く、ビニールプールや鉄棒、ゴルフネット、キャッチボールも可能だ。母が設計し建築家の父が腕を振るった。家全体が遊び場？　スポーツジムの様で、僕達を鍛えコンパクトに纏めた特徴的な家だ。

五時三〇分、母の声で勇気(ゆうき)がロフトから飛び降りる。その場所にはマットが敷かれ、僕のベッドと繋がる。そのベッドを勇気(ゆうき)が動かし強制的に起こされる。ベッドが動くと吹き抜けに開放され、二階天井から吊るされた太いロープでリビングに降りると、ロフトまで通じるボルダリングの壁を登って、雲梯を往復して鍛える。不自由な手は添える程度だが、片手でバランスを取らないと上手出来ない。朝からそれを数回繰返し朝ご飯を食べ学校に行く。勇気は嬉々として遊んで？いるが、僕はヘトヘトで勇気の勢いにつられてやっていた。

学校から帰ると屋上でキャッチボール、バスケ、ゴルフなど何でも全力でやる勇気の背中を必死に追いかけた。キャッチボールは、グローブが手から外れないように、滑り止め手袋をしていたので、それほど不自由はなかった。バッティングは右手を添えるだけで、利き手の左で引っ張る。どのスポーツでも不自由な片手を工夫し練習した。

お腹の中で向かい合っていた時から勇気は右利き、僕は左利きだから写し鏡の様で、なんでも先に出来る勇気を真似て、何も考えず追いかけるだけだった。

小学四年生になると、勇気が野球部に入ると言い出した。僕は一人で本を読んだり、アニメを見ている方が楽しいと思っていた。ところが勇気が勝手に僕の入部届も出し、結局嫌と言えない僕も入部する事になった。ある日の事、勇気に野球を選んだ理由を聞いてみた。

「決まってんだろ——皆でやった方が楽しさ倍増！　心もわかる」と言って笑っていた。

「だったら野球じゃなく、あまり手を使わないサッカーの方が良くない？」

「ヴァッかだなぁ〜野球って両手両足、体全体バランス良く使うし、特にピッチャーとバッターの駆引き、守備でも予測の勝負だから面白い、それよりもっと面白いのは『決まってんだろ』障害を乗り越えるのは面白い！」大きく口を開き豪快に笑い飛ばされた。

「え〜っ障害を乗り越えるより、出来る事やった方が……」

「あ〜心は面倒くさい！　楽しい事って出来ない事が出来るようになる事に決まってんの！」

言い切る顔には自信が張っていた。それでも僕には理解できなかったが、後に皆でやる事、障害を乗り越え、出来ない事が出来る。その面白さを野球を通じて知る事になる。

——勇気の勢いに動かされ、勇気の背中を追いかける日常は流れるのが早い——

二千××年三月十五日、小学最終学年を控え、終わりと始まりの日が訪れた。

その日は卒業式でもあり、旅立ちの日を喜んでいるのか、本当によく晴れた朝だった。

「ゆうきィ〜、こころぉ〜時間だよぉ、起きてぇ〜」目覚めの母の透き通った声だ。

「ふぁぁ〜ぃ」と僕は声だけ起きるが、バン、バッバ〜ン……勇気がロフトから飛び降り、大きな音と共に僕のベッドを引っ張る。

「おっは——、心起きろ〜」日常と共に運命の一日が始まった。吹抜けからロープを伝い、片手と両足を絡ませリビングに降り、ボルダリングの壁を登って雲梯を往復する。

「もう一回だ心、もう一回行けるぞ」

「えっもう六時三十分だし疲れたよ……」

「なんだよ心ぉ〜根性ないなぁ〜、もう一回で五回だよ新記録だろ。新記録ってカッコいいじゃん」勇気は何でも一番に拘り、僕は特に一番が必要だと思わなかった。それに雲梯とボルダリングを片手でやるのは結構しんどい。

「さあご飯できたよぉ～、パパさんも来てください」父も朝早くから仕事をしていた。

　僕たち家族は朝が勝負！って雰囲気だったが、僕は普通で良かった。

「心がもたついてるから新記録逃したよ――まっいいか、ヨッシャ、いっただきま～す」

勇気は切り替えも超早い。僕がホッとしていると、後ろから来た父が僕の心情を察したのか笑いながら、頭をクシャクシャに撫で「いただきます」と言って一緒に席に着いた。だけど僕は、父のゴツゴツした手より、母の優しい手の方が好きだった。

　いつもと変わらない朝食が、家族揃って最後となる――意地悪な神様の悪戯を誰一人知る事なく、母は優しい眼差しで僕達の成長を見守っていた。

「ごちっす！　母ちゃん」

「ご馳走様です。お母さん」勇気が母ちゃんと言い、僕はお母さんと言う。僕達は一卵性双生児、外見上見分けがつかないが、利き手と言葉遣いで簡単に分かった。多分間違わない様に、ワザとその様に教えたのだと今でも疑っている。特に父が怪しい。

　その言葉使いの影響もあったのか、勇気は積極的でせっかちだがスポーツ、芸術でいつも何かしら賞を取ってくる。正反対の僕は引っ込み思案で競争を好まない。暇さえあれば本を読んだりアニメを見ては涙を流していた。感性豊かと言えば聞こえはいいが、簡単に言えばただの「泣き虫」だった。幼稚園の頃から僕が虐められると、勇気が助けて庇ってくれた。学校では積極的な勇気と比べられたが、気に留める事もなく、それ以上に勇気を追いかけ、毎日鍛えた成果で、この頃には平均身長より少し大きく成長した。

不自由な手も少しずつ握力が増し、病院の先生も驚くほどだった。その結果なんとなく勇気への感謝の方が大きかった。父も母も順調な成長に目を細めて喜んでいた。

着替えて部屋を出ると、偶然にも勇気(ゆうき)と同じ服を着ていた。更に玄関でシューズクロークの扉を開け、同じ靴に手が伸び、顔を見合わせ笑った。不思議の始まりだった。

「行ってくるっす」「行ってきます」と母は同じ姿の二人に苦笑いしながらハイタッチだ。

「はーい、気を付けてね」「今日も一日頑張ろう！」

母と父がいつもと変わらぬ笑顔で見送り、隣の穂香(ほのか)に声を掛け、清太(せいた)と昭人(あきと)の幼馴染が途中で合流、勇気(ゆうき)と清太(せいた)がギャアギャア言い合いながら、小走りで学校に向かった。

僕の泣き虫を除くなら普通に、幸せだと言える日常生活を送っていた。

――神様の悪戯(いたずら)まで約八時間――

「白い光の中に　山なみは萌えて……このひろい　このひろい　大空に～～」

口ずさみながら、窓の外を見ると桜が肌寒さを感じるのか縮こまったままだ。それでも咲き誇るチャンスを青空に問いかける様に、蕾(つぼみ)は風に吹かれ何度も頷いていた。

「卒業って蕾から開花するって事かな……でも開花したら散っちゃうし……蕾がいいや」

そんな事を考えていると、いつの間にか卒業式も終わり、六年生が退場していく。それを見送る目線の先に、涙をハンカチで拭う父母の姿が……。入学式の時に泣いていた自分の父と母の姿が重なり、何だかグッと来るものを感じた。

「お母さん……もっと泣くだろうなぁ……」

　体育館の片付けを終え教室に戻り、窓から校庭を見ると、卒業式の感激を忘れないため友達同士や家族で、教室や校門の前で記念写真を撮っていた。その様子に、また母の姿が浮かび、卒業式からズッと感傷的になっていたところに、不意に背中をツンツン突かれた。

　振り返るとそこには小さな女の子が立っていた。

「な、何ビクついてるの……帰るよ心、勇気まだ？」隣の家、同じクラス、隣の席、野球部マネージャー、百二十九センチと女子平均を下回るが、ハッキリものを言う篠原穂香だ。

「あっ穂の～、ビックリしたぁ～驚かせないで……」と言いながら涙を拭い隠そうとした。

「何泣いてるの？　また彼奴らに弄られるよ。ほらシャキッとして、行くよ」

「うっうん、ゴメン」やっぱりバレていた。

「ゴメンはいい、心は優しすぎるのよね！」と叱られたのか、褒められたのか分からないが、後をついていった。穂香の予想は的中した。――ダダダッダ――という音と共に、全身に鳥肌が立つと同時に、穂香と僕の間に大きな体が割って入り「ドン」と背中を叩かれた。その勢いで僕はヨロケ、前のめりに床に両手をついてしまい、小さな穂香は真横に飛ばされ、机と椅子をガタガタと動かした。

「心がまた泣いてるぞ！　ホントに泣き虫だなお前」ダミ声と甲高い声。

「泣き虫心ぉ～……お前の兄ちゃん、でベソぉ～」と昭和的な弄りが襲ってきた。

「清太ぁ～、昭人ぉ～……心大丈夫？」穂香は大きな声で犯人の名前を呼び、自分の事より僕を心配してくれるが、この二人には逆効果で昭和チックなセリフが続く。

「心は女子に慰められて、恥ずかちぃ～」昭人が体をくねらせる。

「穂ぉのちゃ～ん、頭ナデナデしてくださいってかぁ」大口を開けて笑いながら、甲高いダミ声で、清太が這いつくばった僕の頭をグシグシかき回す。

　時代を超越した虐めを繰り返す身長一六五センチ体重五八キロの体格で、小さい頃からダミ声の荒木清太、身長も体重も平均的、清太の子分のような黄色い声の下山昭人。

「あ～あ、泣いてる泣いてるぅ泣き虫ィ……心がまた泣いてるぞ」と昭人が僕の周りを踊り回り、時々清太と僕の顔をかわるがわる覗き込む。

「ひっく、清太くん昭人くん何で虐めるの――ひっくぅ」

「俺し～らね。なっ昭人。自分で考えろよ泣き虫――」

「そうだよ。俺達何もしてないよぉ～」昭人は口を尖らし顔を近づける。

「ひっく、ぐっ、勇気ィ……」助けを求めた。

「清太ぁ～、止めなさいよ！」

「穂香ぁ！　女のくせにお前ウッセんだよ、関係ねえだろ！」ジェンハラ発言に続き、清太がドンと右手を突き出し、穂香の左肩をドックと窓まで飛ばされ、ガラスが音をたてた。

「清太のバカぁそれに心も泣くな！　男でしょ」穂香もジェンハラだ……。

「ひっく、っひっく……」穂香に言われ更に涙が押し出された瞬間、教室の入口から黒い影が勢いよく飛び込んできた。そして清太の背中に左足の靴底が伸びた。

バッガ、ガガ、バギ……体のデカイ清太が吹っ飛び、机と椅子を倒し穂香が張り付いている窓の縦額縁に、鼻から頬と順にぶっつけた。

「いっ痛ってぇ～……ゆっゆうぎぃ～」奥歯をギリッと噛んだ清太が振り向くと、頬と鼻に額縁の線がクッキリ赤みの線を描き、鼻と目、眉を顔面中央に寄せ両側に吊り上げた顔は、赤鬼そのものの形相だった。

「勇気……」と僕と穂香、昭人は目を丸くしながら三人同時に呟いた。ピンチの時いつも勇気が現れる。僕にとって正義のヒーローでもあった。

「勇気ィ～、後ろから汚ったねぇぞ……許さねぇ～」赤鬼が吠える。

「心と穂香を虐めるな！」勇気は怯む事なく、ドォ～ンと大股で両腕を組んで仁王立ち、存在感を示していた。赤鬼清太は勇気の生涯の宿敵になる筈だった。

「うるせぇ～勇気、今日こそぶっ潰す」清太が体当たりしようと走り出す。

「こっちこそ、ぶっ潰す」と勇気が腰を下げ四股を踏み、真っ向から待ち構え激突すると、ボッガガッ、バッキィ……取っ組み合いが始まった。

「こっコラーお前ら何やってる。止めろ、やめろぉ～」騒ぎを聞きつけた担任大垣亮介、勇気の担任八重樫裕子先生が駆けつけ、勇気と清太の間に大垣先生が割って入り止めた。

が、二人とも顔を歪ませ歯をむき出し、今にも拳を突き出そうとしていた。

そんな状況で止めない先生がいると思えないが……平然と言うのが勇気だった。

「先生なんで、止めるんだよ！」

「そうだ、今日こそ決着をつけてやる」清太も同類だった。大垣先生を間に挟んでギャア、ギャア喚き散らす。

「ひっく、うっぐぅ……」僕はと言うと、そのザワついた大きな声が苦手でまた泣いた。

「……」無言の穂香も目に涙を浮かべ、窓に張り付いたままだった。

「心も穂香も大丈夫？」八重樫先生が僕達に声を掛け後ろを振り向くと、

「昭人は……大丈夫ね」八重樫先生の後ろで口を尖らせ、シャドーボクシングをしながら隠れていた昭人を窘めるように声を掛けた。その間も勇気と清太は喚いていた。

「あっああ～、ウッ、ウルサぁ～い！」大垣先生の怒鳴り声は学校中に響き渡った。

「お前ら、いつもいつも……喧嘩はやめろ、それに心も泣くな」

「清太と昭人が虐めるから……」と穂香が清太を睨みつけると、清太は知らない振りしてソッポを向いた。それを見た勇気が「グァオ」とまた飛び掛かろうとしていた。

「はぁ～、いつもの事だな……清太、昭人意地悪はやめろ！　それに心……虐められたら言い返せ、それに勇気と清太は野球で勝負……だな」ニヤリとして言う。

「決まってんだろ！　清太ぁぶっ潰す」と勇気が吠える。

「ウッせぇこっちのセリフだ。ブッ潰す！」二人は待ってましたとばかりに目を輝かせた。

いつもの事だが、みんなこの展開を期待していた。それにしても普通に二人が勝負すればいいのに、僕への苛めがゴングになるのは、納得がいかなかった。

大垣先生は野球が大好きで、さつき小学校『さつきファイターズ』の顧問だ。五月から全国少年野球大会の予選が始まる。勇気と清太はそこでピッチャーと三番を争うライバルであり、二人は県下でもかなり注目されていた。お互い野球では絶対に負けられない相手だ。交互に投げて打つ、入部以来五十回の対戦は五分五分、二人は即座にカバンからグローブを取り出し、バンバンと拳で叩いた。二人のカバンには教科書など入っていない。結局卒業式で早く帰れると思っていたが……八重樫先生が家に連絡を入れ、お昼も食べずに二人の勝負を見届ける事になった。

「清太！　今日こそブッ潰す！」

「俺の方が、ブッ潰す！」と清太が額に血管を浮かせ、顔を歪めて睨みつける。

「よし今日が五年最後の勝負だ。今日勝った方が一年間ピッチャーで三番にする」と監督でもない大垣先生が無責任に煽り、ニヤニヤと二人の勝負を楽しもうとしていた。

　野球部の連中は既に帰宅していたので、僕がファースト、昭人がサードを守り、マネージャー穂香がセカンドベース付近に立った。三振かアウトになったら負けという特別ルールで、キャッチャーは大垣先生が務め、ソフトボール顧問の八重樫先生が審判をしてくれた。皆も二人の勝負を見るのが一つの楽しみであり、誰も文句を言わずランニングとキャッチボールで、汗を流し準備運動を済ませた。

　校舎の時計は午後二時を指し、寒さも和らぎ春めいた暖かい日差しが広がった。その校庭の東南に隅切りしたようにバックネット、そこから約七メートルぐらい離れた所にホームベース、更に十六メートル（中学からは十八・四四メートル）の所に少し盛り上ったマウンドがあり、その頂上には六〇センチ×一五センチの白い板、ピッチャープレートがある。

――運命の悪戯まで三時間を切った――

真剣勝負

「最初はべー」この二人のジャンケンは舌出しべーから始まり「ジャンケンポン……」

　そして利き腕を突き出す変なスタイルの変なジャンケンした。

「あっあぁ〜」チョキを出した清太(せいた)は両手をダラッと下げ、クシャクシャ顔で悔しがった。

「シャーぁ〜」と勇気(ゆうき)は青い空に向かって拳を突上げ、遠目でも明暗がハッキリとわかる。

　勝った勇気(ゆうき)は即座に走り、マウンドで自分のグローブにボールをバシバシと投げつけ、鼻を擦(こす)ってニヤニヤしていた。

「よ〜しっ、みんな元気出していこう！」大垣(おおがき)先生が両手を広げ、声を張りあげた。

「お、おお〜――ごっほぉ〜、ごっ」穂香(ほのか)も大きく口を開き、男声を出そうとしたようだが、むせて腰を上下に折って、オバさん咳に思わず平手で胸を叩いていた。

「よっしゃ、清太(せいた)ぶっぱなせ！」サードベースから右側に三メートル程離れた位置で、腰を屈(かが)め、膝でリズムを取るようにしながら昭人(あきと)が清太(せいた)を応援する。

　みんな威勢がいいけど、僕の声はか細く「はい」としか声が出ない。

　小さい頃から勇気(ゆうき)とキャッチボールをしていた効果もあり、ファーストで八番レギュラー、誰からも才能あると言われるが、大きな問題は「気が小さい」「泣き虫」「競争が嫌い」この三つが揃っているところだった。何より僕自身スポーツより読書の方が好きだった。

「よっしゃあ～、今日こそぶっ潰す！　清太覚悟しろ」とボールを持った手を突き出す。

「ぶゎぁ～か、こっちのセリフだ、早く投げろ！　天までぶっ放す」清太はバットを勇気に向け挑発する。二人は野球漫画の定番を繰り広げた。

大垣先生がマスクを被り、しゃがみ込んでミットを構えると「プレーボール」八重樫先生の大きな声が校庭に響き渡った。校舎の窓から残っていた生徒が見守っていた。

勇気はマウンドで数回右腕を回し、プレートを右足で二回払ってモーションに入った。大垣先生は構えたミットを少し清太の体側、内角にずらし構えた。

清太は体格を生かし、肩の高さまでグリップを上げ、バットを構えた。その構えを確認した勇気は、グローブの中でボールの縫い目を確かめ振りかぶり、そのままグローブを胸に当てるように止める。ミット目がけ投げる軌道をイメージするのが勇気のルーティンだ。顔を正面に向け、上げた左足の膝はショート方向まで捩じられ、スパイクから土が零れる。胸の高さまで上がったフォームはゆったりと大きく安定していた。

清太はバットのヘッドを少し揺らし、勇気のフォームにリズムを合せ準備した。二人とも中学生を超え、高校生レベルのマウンド捌き、バットの構えは迫力満点だった。

勇気の捩じった体がバネのように反動をつけ戻ると同時に、ボールを持った右手は少し肘が曲がり、センター方向グローブを持った左手がホームベース方向に広がる。その姿は獲物を狙う翼を広げた大鷲の様だった。そこから腰が沈み左足が大きく前に出て着地、その反動とプレートを蹴った勢いで、胸を張った上半身がホームベース正面になると、肘が先行しボールを持った手が少し遅れ、風を切るように腕が振られた。

一方清太はトップから少し体を捻ると、左足の爪先が地面を蹴り膝を曲げ踏み込む。バットのヘッドより先に体が回転し起動、同時に握った両手とバットが後からついてくる。大垣先生の狙いは内角高めの力勝負だ。ボールはそのミット目がけ清太の体近くに向かっていった。スイングに入っていた清太には避ける事は出来ない。

そのままスイングを止めず振りぬくと――ヴォン――と風を切る音が聞こえた様だった。

「ズッバーン」スイングの音と同時に、清太の胸元近くで大きなミットの音が響いた。

「スットライ〜ック」内角高めのボールに八重樫先生の甲高い綺麗な声が校庭に響き、僕と穂香が小さくガッツポーズ、昭人は悔しそうに地団太を踏んでいた。

「よっしゃぁ〜！」勇気が右手で拳をつくり雄叫びをあげる。

「くっそぉ、まだまだこいやぁ、勇気ィ〜ぶっ潰す」とバットを体の前で一回転してから、バットのヘッドを勇気に向け大きな声を出す。二人の対戦はいつも緊張し、時々テレビで流れる伝説のイチローと松坂の対戦を彷彿とさせ、ドキドキしながら見守った。

二球目、大垣先生は地面に膝を着き、外角低目ギリギリを要求した。

「スっパーン」糸を引くように綺麗な回転のボールが小気味よくミットを鳴らした。

「スッスットライーックゥ――」清太のバットは動かずツーストライクと追い詰められた

が、動揺を見せる事なく平然を装う。

　三球目、大垣先生は定石通り内角高めボールゾーンにミットを構えたが、ボールはスイング動作を取った清太の顔面に向かった。清太は思わず体を捻りながら大きく仰け反り、間一髪ボールを避けた。

「ビーンボールだ、ビーンボール！　先生あいつ俺を狙ってる」審判の八重樫先生に訴えると「うるせぇ！　ギャアギャア喚くな。手が滑っただけだ」

「くっそぉ〜、ぶっ潰す」二人はシンクロしていた。

　四球目、大垣先生のミットは再び外角を要求したが、少し真ん中よりに甘く入った所を、清太のバットは逃さず。腰が回転し体重が左足に残り、バットが一閃された。

「ズッパ〜ン」バットはボールを真芯で捉え、軟式特有の音が響いた。

「があ――こころぉ〜取れぇ〜」勇気が振り向きざま大声で叫ぶような強烈な打球だ。

「こころぉ」セカンド穂香からの叫び声で、ジャンプ一番……手を伸ばした。

　真芯で捉えたボールと、口を8の字に開き歯を剥き出し、走り出す清太の形相が飛んで来た。僕はその形相に伸ばした手を引っ込め頭を抱え、しゃがみ込んでしまった。

　ガッツ……ポンポン……頭を超えたボールが頭上を越え後方で跳ねた。

「ファール、ファール」八重樫先生の声と両手が交差しながら大きく振られた。

「わぁあ〜、っはっははぁ〜」と残っていた生徒達から歓声と笑いが入り混じった。

「あっぷねぇ――こころぉ〜取れよ……」勇気はガックシ項垂れた。

「ゆうき～、せいたぁ～、どっちも頑張れぇ、こころぉ～笑わしてくれぇ」二人は学校全体の人気者だったが、僕は笑い者だった……。

　バッターボックスに戻った清太は気を取り直し、バットのヘッドを勇気に向け、

「くっそぉ、ボールが遅すぎんだよ。勇気ィーこころぉ笑わせるな」僕にも向けた。

「ぶわっか野郎、三振前に少しサービスしてやっただけだ。次で絶対にぶっ潰す。こころ笑われるな」勇気もこっちを見たが、情けなく目を合せず横を見ると、セカンドの穂香まで「こころぉ～ドンマイ、っプゥ」笑っていた。

「よぉ～し、二人ともいい勝負だ。思いっきりいこう。心気にするな……」大垣先生も八重樫先生も僕を笑っている様にも見えて、思いっきり泣きたくなった。

　大垣先生は、この二人は将来メジャーリーガーだ。さつき小学校からメジャーリーガーが二人も出ると公言していた程だ。そんな夢を抱かせる名勝負だったが、僕だけ蚊帳の外だったような気がする……。

「いくぞ清太、今度こそぶっ潰す」

「おっしゃぁ～、今度こそぶっ潰す」二人の声で、歓声と笑いが消え校庭は静寂に変わった。時が止まった様に息すら出来ない中、勇気の腕が撓り春風を切り裂き、清太の膝元ホームプレートギリギリに、力強い速球が唸りを上げた。

「ズッバァ～ン――ブン」構えたミットに入ったボールの音、風を切る音が同時に響き渡った。数秒間の息詰まる静寂――

「すっ、ストラツクぅ～、アウトぉ～」口を尖らせた八重樫先生の右手があがり、静寂を解き放つと、大垣先生のキャッチャーマスクが大きく飛び、子供の様な満面の笑顔が広がった。

「ッシャあぁ～」勇気が両手を空に突き上げた。

「ぐっぅ……」清太は思いっきり振った勢いで、右足の膝を折り、バットの先端を地面につけて屈し、悔しがった。

「わぁあああぁ～ゆうきぃゆうきぃ・・・・・・・・・・・・・―――」大歓声と勇気コールが学校全体を包み込んだ。この時の歓声が時を超え甲子園に続く事になる。が、二度と見る事の出来ないシーンだった。

逸材同士の真剣勝負は入れ替わり、ピッチャー清太もツーストライクまで追込んだ。勇気がそこから粘りに粘り、フルカウントからの十球目、外角ボール球を振り抜き、レフトの桜の木を直撃した。

卒業式で見ていた桜の蕾は、運命を知らせる様にポトポト落ちた。

八重樫先生は右手をグルんグルん回し、ホームランを宣告した。勇気は学校中の歓声の中、五十一勝目を完全勝利し雄叫びを上げた。僕と穂香は小さなジャンプ、手を叩いて喜び、昭人はガックリ肩を落としていた。この日の勇気は投げても打っても凄さが際立った。

「心を虐めるな」と勇気は僕の方を振返り、白い歯を見せ親指を立てた。

感動と共に運命への予感なのか、何故か「お母さん」と呟き涙が溢れた。

いつの間にか霞雲は消え、僕たちを見守る青く澄み渡った大空は、何処までも青く、優しい春の彩（いろどり）を表現し、永遠の命をもたらすかのような空間を演出していた。

――午後三時四十五分、その時まで一時間――

突然の別れ

「大垣先生、八重樫先生、ありがとうございます」僕と穂香が腰を曲げ丁寧に挨拶すると、

「ありっす」勇気の嬉しそうな声「うっす」清太と昭人の暗く落ちた声が続く。

当然だが僕と勇気、穂香は満面の笑み、清太と昭人はレモンを握り潰した顔だった。

前方と後方に分かれ、同じ方向の帰り道を歩いた。さつき小学校から時々ＴＶ撮影が行われる商店街を抜け、銀行の脇の階段を上り通学路でもある生活道路に出た。コンビニを通り、高速道路ジャンクションの高架橋から小さな富士山を正面に、僕達三人は陽気に盛り上がって歩道を歩いた。夕暮れが近づき空の下に鱗雲が広がり、眩しさの消えた太陽が赤みを増した。影は車道側に長く伸びていたが、その影に近づくものに気付かなかった。

「勇気やったね、勝ち越しだよ。感動だよ……ぐひっ」この日の僕は涙が絶えなかった。

「心ぉ～泣くな。俺、絶対プロになって母ちゃんと父ちゃん喜ばせる」

「うん、うん……僕も手伝う」と涙を拭う。

「心、男の子は泣いちゃだめだよ、それに心だってスッゴく上手いし、勇気と一緒にプロ目指したら？」と穂香が言うと勇気も続いた。

「ホント、心の実力凄いのに、あとはハートだな。あのボール取れたのに（笑）」

「清太君の怖い顔が……」

「そこだよ、そこ治したら、双子で甲子園、プロ、メジャーってなるのに、その方が絶対面白いだろう。父ちゃん、母ちゃんもっと喜ぶぞ」隣で穂香も大きく頷いていた。

「僕なんて駄目だよ、スポーツ向いていないし……」

やっぱり涙が零れそうになり、瞼を拭うと右足踵が歩道から半分落ち、車道側にヨロめいた。体操選手が平均台から落ちまいとするように、両腕を回しながら耐えていたが、遂に耐えきれず車道側に両足が落ち、前のめりになった。その拍子に腰が折れ、今度は両腕が縦回転しながら、顔が横になると勇気と穂香は、笑いながら少し前を歩いて僕を見ていなかった。

「勇気ィ……」思わず声を上げると、勇気と穂香が僕の声に振り向いた。

「あっ」と穂香は思わず目を見開き、口を両手で押さえ、力なくその場にしゃがみ込んでしまった。勇気が僕の手を取ろうと伸ばしてくれた。だけど僕はその手を掴めず反動で、勇気に背を向けた。その瞬間強烈な光が周りの風景全てを飲込み、光の泡の中に掻き消された。

グヴォンと空気の圧力と音に襲われ――キィキキキィ――キイ、ガッガガガ――

ドッガ、ドン……ドン……キキイ――記憶が消え、気が付くとフワフワ浮いていた。

「ぼっ僕、死んじゃった……」僕を助けようとした勇気じゃなくてホッとした感覚と、心の奥底から這い上がる恐怖心、広がる混沌とした光景で頭の中はカオスっていた。

「心ぉ〜、勇気ィ〜、こころぉ〜、ゆうきィ、どっちだぁ〜」清太と昭人の入り乱れた声で、意識が現実に還ってくると更なる混乱に体が震え出した。

「きゃあああぁ――」女の人の甲高い悲鳴が響き渡る。

「事故だ！　子供が撥ねられたぁ〜」

「救急車、救急車を呼べぇ〜、いそげ急げぇ！　それと学校だ、学校に電話しろぉ！」

「だ、駄目だぁ〜。急げ、急げぇ早く救急車、警察も呼べぇ〜」

「勇気かぁ〜心かぁ、どっちだぁ如月さんとこだぁ急げぇ〜！」

大勢の人の怒鳴り声、泣き叫ぶ声に混じり、なじみの不動産屋社長さんの声だった。

「こころぉ〜しっかり……えっぐぅえっ」耳元で穂香の嗚咽、目の前はアスファルトの暗い路面に両手があった。空で見た薄暗い蝉の抜け殻は僕だった。

「僕は、死んでいるんだ……」呟きながら空の上で感じた深い悲しみと、生きている事への恐怖に襲われ、全身がガクガク音をたて、両膝はアスファルトを叩いた。

これは夢だ――焦点の合わない景色の中、勇気と母、父を探したが見つからなかった。

「勇気ィ、心ぉ〜、こころぉ〜、清太ぁ、穂香、昭人ぉ〜」近づいてくる大垣先生と八重樫先生の叫び声が間近で止まり「心かぁ」穂香が微かに頷き僕だと知った。

「しっかりしろ」とだけ言って通り過ぎた。

「ゆ、勇気ィ、ゆうきィ〜」殆どの声は、変に歪んだ体があった方向から聞こえてきた。

カバンから覗いたグローブを下にして、頭から血を出している映像が僕を支配した。

「僕だ、僕だぁ～、勇気じゃない。勇気じゃない」ボロ雑巾の様に掠れた声で怒鳴り、大粒の涙がボロボロ滝の様に流れ出した。そして勇気じゃないと繰り返すしかなかった。

「こっこ……ゆうぇぐっ」傍にいた穂香も絞り出す声は言葉にならず、二人の涙でアスファルトは、激しい雨で濡れた様な状態だったという。

――残酷という言葉でも言い表す事が出来ない――

「お父さん……お母さん……」脳神経がほつれ絡まった混沌状態の中、

「勇気ィ～、こころぉ、ゆうきぃ――」恐れを帯び泣き叫ぶ母の声がした。あれだけ母を求めたのに、近づいてくる母の声に恐れ、全身の震えが増していった。

「ピーポーピーポー」「うーうー」と機械音のけたたましい音が近づき止まった。人の気配が慌ただしさを増すほど、季節外れの蝉の抜け殻は、全身を震わせ嘔吐するだけだった。

「こっこころぉ～、はあ、はぁ、こっぉ――」母の息詰まる声に、四つん這いのまま横退りした。僕のせいで勇気が……母に知られたくない。こっちに来ないで、近づかないで……。

「こころぉ……」心細い声と裏腹に、渾身の力だった。脇下から両手を入れ、僕を強く抱き、抜け殻みたいな僕を引き摺り、強引に救急車に乗せた。

「ゆうきが、ゆうきがぁ～」僕の頭を抱え、母の涙が僕の頭にポタポタと音をたてた。

「……」僕のせいだよと言いたかったが、全身がガクガク震え言葉にならない。母と同様、滝のような涙だけは止まらず、母の胸から膝まで服を濡らしていた。

「ゆうき……」母が呼ぶが勇気は担架に横たわったままだった。病院に行っても目を覚まさなかった。父も病院に駆けつけ、白い布に覆われた勇気の前で母と声を上げ、跪き体を震わせ泣いていた。僕は呆然と立ち尽くし、その姿は水中から空を見上げる様に、揺らめき見えるだけだった。

——才能に溢れ優しい勇気は深く眠ったままだった——

勇気を求めてＤＩＤ

　桜が散り入学式も終わり新学期が始まっていた。しかし勇気(ゆうき)が死んだ事を受け入れられず、あの道は勿論、外にすら出られない。もう学校に行きたくない。父と母も毎日泣いている。僕が泣かなければ……全ては僕のせい……僕は生きていていいのか？　あまりにも大きな代償だった。まだ仏壇はないが遺影の前で毎日泣いた。

「僕が悪い……ゴ、ゴメンなさい……」母と父に何度も何度も謝った。

　父と母はその度、首を振り「心(こころ)、こころ……ダメ……う、ぐっひィ」母は僕を抱きしめ体を震わせた。父が二人を覆うように腕を回すが、その手には力が無かった。それまでの幸せが突然消え、一瞬で全てが変わってしまった。

「あの日早く帰らせていれば……」大垣(おおがき)先生も八重樫(やえがし)先生もあの日の勝負を後悔し、父と母に何度も謝りにきていた。僕の記憶は事故の映像を繰り返し、その場から離れられない。

　幼馴染の三人もショックで外にも出ていないそうだ。


――全て僕の責任だとしか考えられない――

事故から数えて四十九日、その日は朝から窓に大粒の雨が叩きつけ、ガラガラ音を立てた。雷はカーテンを震わせ、腹の底を伝わって心臓を抉り、激しく震えさせた。

激しい罪悪感で泣き暮れている間に、雷の音が消え西日が射し込み、勇気の写真を少しずつ赤く染めた。その色は勇気が蘇る前触れの様に感じた。

「お願い、お願い神様……」その写真に向かい、強く両手を合わせ額に押し付け神様に懇願した。すると人肌の風が微かに頬を掠めた。

「泣くな……」耳の奥底に勇気の声が聞こえた。振り返ると吹き抜けから吊るされたロープが逆蜘蛛の糸の様に、勇気がそれを伝って戻ると思った。必死に頭を上下に振り祈った。

「お願いだから戻って……勇気……」

「心……もう泣くな」勇気の写真が答えた。

「勇気、ゆうきいるよね！」でも人影すらない。だけど勇気を求め、手を結びジッと写真を見つめた。写真の顔は夕日を受け更に赤らんだ。その顔は清太を三振に切り、振り向いた渾身の笑顔だった。

「勇気戻って……僕を一人にしないで……」

「だから……もう泣くな…俺、心と一緒だ」さらにハッキリと話しかけてきた。

「へっ、僕と一緒？」辺りを見回したが誰もいない。

「こころの中だよ、俺達一緒になっちゃった」

「へっ、勇気が僕の中に？」自分が自分で話しているのではなく、勇気が僕の意識を伝って、自然な会話の様に話しかけてくる。多分どちらでも驚いただろうけど……てっきり逆蜘蛛の糸を降り戻るものだと信じていたので、この展開は予想出来なかった。

「そうだよ、心が泣いてばかりいるから、閻魔に飛ばされた」

「えっ閻魔様が？　じゃぁ一緒にいれる？　……ひっｸ」

「んっん～……まあぁ……いっ一緒だよ……でもルールがある」

「えっルール？　何のルール？」

「それは……え～っと心が泣かない事！　正確には泣かせないかな？」

「僕が泣かない事？」

「簡単だろ心が泣かなければいいだけ……」簡単とは思わなかったが何度も頷いた。

「ところでさ～ぁ心は、俺が助けようとして、死んだと思って泣いてんだろ！　それって大きな勘違い。実はしくじったんだよ。心に手が届かなくて、結局自分で車に飛び込んでしまった。残念だが心のせいじゃねぇ～よ！」と僕の中で笑っている。

「でも僕が声を出さなきゃ、勇気は手を伸ばさなかったし……」

「それね、実は心の声も聞いてないし、振り向いて手を伸ばしたら車が来てた。んで、グッバァって爆風で一瞬だったよ……ビックリだったけど、痛みもなぁ～んもなかった」

「でも……僕がヨロけなければ……」

「あっ～、面倒臭いなぁ～、俺は死んじゃったの！　心に関係ない。よく言う運命……分かった？　それだけ！　メソメソするな」小学生が平然とそんな事を言いながら笑っていた。僕には到底、勇気（ゆうき）の思考回路には及びもつかなかった。

ガチャ……バタン……玄関からドアの音が聞こえると、

「ただいま、心（こころ）。ハーゲンダッツ食べよう、こっち来て」母が買い物から帰ってきた。

「おっ、母ちゃんだ。久し振りに会いたいし、ハーゲンダッツ食べたい。行こ！」

「お母さんビックリするよ」僕はまだ戸惑っているが、勇気は相変わらずお構いなしだ。

「最初は知らない振りして驚かそ！」

勇気（ゆうき）が僕の顔で笑う。同じだけど。

勇気（ゆうき）の意思が母の元へと足を運ばせた。僕の意思に関係なく僕の体が動く……本当に不思議だが、この時を境に僕と勇気（ゆうき）、二人の意識で一つの体が動き始めた。


――それは、最後の日が来るまでの選択の始まりだった――


「お、お母さん、やっぱハーゲンダッツ美味しいね」僕を真似て勇気（ゆうき）が母に話しかけた。

「ん、美味しいね……こころはズッと泣いてばかりで……良かった。もう自分を責めないで、こころは心（こころ）だから、ねっ勇気（ゆうき）は天国で見守ってるよ」まだ天国じゃないけど……。

「うん、かあ、お母さん、僕も元気になるからお母さんも元気出して」まだ真似ている。

「そだね三人で元気になろうね……うぅ」

「そう言えば、話変わるけど……三途の川ってあると思う？」

「さ、さぁ、お母さんには分からないけど……」明らかに動揺し、僕の額に手を当てた。

「お母さん、僕変じゃないよ」そう言って笑うと、益々変に思って首を傾げていた。

以前読んだ仏教の本では、初七日に三途の川の畔に辿り着き、そこから七日ごとに閻魔様の審判を仰ぎ、四十九日で最後の審判を迎えると書いてあった。

「母ちゃんあるよ、俺渡ったから」勇気が断言すると、今度は自分の額に手を当てていた。

「こ、こころはそう信じてるのね……だ、だったら勇気は渡らないで、戻って来てくれれば……かっかぁちゃっ」と母の瞳がぐらぐら揺れ、頭の中がカオスっているのが分かった。

「えっぇ〜勇気渡ったの？　僕にも教えて、どんな感じだった？」と僕も少し悪乗りした。

「えっ、なんってぇ〜、こ、こころ……パッパぁ〜」母は事務所にいる父に助けを求めた。

「むっフフフフ」勇気と一緒に声を抑えて笑った。

「どうしたぁ」仕事をしていた父がバタバタとリビングに入ってくると、勇気はニヤついて「父ちゃん久し振り、いっつも仕事頑張ってるね」

「はっ……こころ、悪ふざけはだめ駄目だよ」父も動揺している様だったが、冷静に対処しようとしたやさきに、勇気が追い打ちをかけた。

「俺、勇気だよ」と言った瞬間「こっこころぉ〜」バッチ〜んと母の手が飛んできた。

「いったぁ〜」意識は僕に移っていたので、母の平手打ちを生まれてはじめて受けた。母の目には涙が溢れていた。

「こころゴメン……でもやめなさい……」そのまま僕は母に強く抱きしめられ、父は唖然と立っているだけだった。

「かあちゃんゴメン、俺本当に戻って来たよ。心とビックリさせようと思って……」

「こ、こころやめて……ぐっヒ」母は手で口元を覆い、父も状況を掴めない。常識的に死んだ人間が、生きた人間に乗り移って話すことなど信じる訳がない。どうやって信じてもらえるか――イチかバチか質問した。

「勇気、本当に三途の川渡ったの？」母は口を開け目を見開いていた。

「渡ったよ、渡ってから閻魔様に会って話した」勇気が答えて二人で話したが、父と母から、いや誰が見ても、腹話術の様でもあり、異様な独り言だっただろう。それでも黙って聞いてくれたので会話を進めた。僕の顔は母と父に向かい言葉を発し、思考は普通に二人で会話しているのだから、今思えば不思議でしょうがない。

「でも渡ったら死んじゃうでしょ……勇気戻ってきたし」

「俺さぁあの時、夕焼け空の上で見ていたよ。心が死んだと思った」

「えっ僕も夕焼け空で自分が死んだと思った……あの時、僕達一緒ってこと？」

「よくわかんないけど、多分……。誰もいなくて怖くて泣いて、泣き疲れて寝ちゃった。目が覚めて立上ると見渡す限り、鮮やかな黄金色の花で埋め尽くされ眩しかった。心や皆、父ちゃん母ちゃん探して、スッゲー長い時間歩いた。やっと花畑を抜けると目の前には、真っ暗で波も音も無い大きな川が現れた」

「それが三途の川？　その時間がこっちの初七日なのかな？」

「多分……そこの淵に立つと暗黒と黄金色にハッキリわかれ、スッゲ～綺麗で圧倒されたんだ。すると音もなくスッと小舟が浮かんで、大きなカマを持ち白い頭巾を被った人が立っていた。一瞬だった。手を掴まれ船に乗って……怖かったぁ」父と母も固唾を飲み、僕もゴクンと喉を鳴らし聞き入っていた。

「空の上では僕達一緒で、その後意識が分かれ僕は現実世界に、勇気は三途の川……反対だったら僕が死んでいたってこと？　……」

「もしかしたらねっ……」少しだけ寂しそうな感情が伝わって来たが勇気は続けた。

「暗闇を通り抜けると、『天国』『地獄』と書かれたおっきな門があって、その前に『審判』と書かれた看板の前には数えきれない行列だった。地獄の門には赤鬼や青鬼、馬や牛の顔をした二本足で歩く三メートル位？　の怪物が人間を引きずっていた。対照的に天国の門は穏やかだった。ボーっとしてたら順番がきた。額当てに『閻魔』と書かれた巨大な髭面、眉のつながった大男に『お前はどっちだぁ～』その声はまるで噴火だよ。ビビって尻餅ついたけどありゃ…マグマの化身だね」と何事も無かったように笑っていた。

「やっやっぱり僕が死ぬはずだったんだ……」

「じゃないと思うよ『おっ俺、勇気！』ってビビりながら言ったら『そうか…』と少し考え、あれ梵字かな？　おっきな手帳を開いて『おい勇気坊主、天国と地獄どっちに行きたい？　ヴぁっははあ～』と他人事の様に思いっきり笑いやがった。それから入れ替わり立ち替わりで、六回も同じことを聞かれた。決まってんだろ！　って何度も天国って言ってやった」

「そりゃまぁ～他人事だろうし……で今日が四十九日目？」

「ゆうきは天国に決まってるでしょ！」と母が割って入ると父も大きく頷いた。

「だよね、普通天国だろって思ってたら『勇気坊主、弟の泣き声は俺様の頭に響いて煩い。戻って泣くのを止めさせたら願いを一つだけ叶えてやる。だが失敗したら地獄だ』って、偉そうにいうからムカついて『わかった！』ってゲンコツ出して仁王立ちしてやった。その瞬間、雷みたいな音と光に包まれ……心の頭の中に入ったみたいだ」

「やっぱり今日が最後の審判四十九日だ……勇気は閻魔様の審判で戻った」

「ホントにゆうきは戻ったの？　ホントに……ゆうきぃ……こころ、みんなで一緒にいよう。家族みんなで……」母も勇気に戻ってもらいたい一心だった。

「う、うん……」当然父も同様で、頷き母と僕を抱きしめた。

　不思議な出来事には対価が伴う。閻魔もそれを求めたが、人間はリスクを見たくない心理が働く。勇気が戻る対価は心の泣き虫阻止だけと考え楽観し、勇気が戻った事だけ喜び、夕食は大好きな焼き肉でホットプレートを囲んだ。

「そのカルビ俺のっ」と勇気が僕の分まで食べる。

「ずっずるいよ、しっかり焼けるまで、お母さん勇気に取られないで」

「じゃ、こっちがゆうきで、こっちはこころの分ね」母がお皿を二人分に分けてくれた。

「勇気、二人分も食べれないよぉ」

「おいおい、お父さんの分も残せよぉ～」と父も笑って争奪戦に参加した。

「久しぶりの御馳走だよ、もっと食べる」僕は普段お腹いっぱいまで食べないが、動かない右手もお構いなしだ。箸を持ち替えながらバクバクと吐きそうになるまで食べさせられ、父と母は笑いながら泣いていた。食事が終わるとお風呂に入った。風呂から上がると勇気はリビングに飾られた自分の遺影を手に取り、苦笑いしながら母に渡すと、母も複雑な顔で受け取った。部屋に入り気になっていた事を勇気に質問した。

「ぼ、僕が泣くの止めたら、一緒にいられるって事？　一つだけの願いだったら？」

「決まってんだろ『生き返る！』そしたら一緒だし全部解決。地獄に落ちるから泣くなよ！　何でもいいけど疲れた。早く寝て明日ガッコ行こうぜ。だから寝る……」と言って勇気は本当に寝てしまった。こういう勇気の単純明快な生き方に憧れた。

「こっ心、部屋にいたの……さっきから誰と話してるの？」突然窓が音を立てた。

「あっ、びっビックリしたぁ、穂のぉ～……べっ別に独り言だよ」

「ふ～ん、誰かと話してるようだったけどぉ……」話しても信じられそうにない。

「……あっあぁ～そうだ、がっ学校だぁ」勇気の言葉を思い出し慌てた。

「どっどしたぁ～」穂香は目を丸くし仰け反った。

「明日学校行くって……がっ学校だぁ～、やっヤバイ、お母さんに言わなきゃ。穂のぉ～、ってわけで学校行くっ、じゃね」

「がっガッコ行くって？　だっ誰が？」って聞かれたが、慌てて吹抜けからロープで降りたら、がっガッガ、ガッシャ――下に置いてあった荷物を崩し、キッチンにいた母は、包丁を持って両手を上げ驚いた。

「わぁ、お、お母さん学校行くって、明日ガッコ行くって」と大慌てで母に告げた。

「えっ、学校に行くってって……」包丁を振り言葉が変になっていたが、僕が頷くと
「おっおとっさ～ん、こころが学校行くってぇ」とやっぱり言葉が変だった。勇気の一言で慌ただしくなり、昨日までの悲しみは何処かに吹っ飛んだ。母と父も大慌てで、穂香と清太、昭人の家、先生に手分けして電話していた。

勇気は明日学校にどんな顔していくのだろうか？　と思ったが――

「……勇気は僕と同じ顔だった」と部屋のガラスを見て笑っていると、

「ナニ……ニヤケテルノぉ～～」心霊写真がガラス越しに浮かび、しゃべった。

「あっあぁ～……」非現実な事が起きている最中、地獄の門に続き、遂に冥界の扉まで開いたのかと超ビックリだった。この騒々しさは勇気が生きている時の日常であり、僕と勇気が一つの体を共有し、究極の選択を迫られる始まりだった。


――勇気の願いは『生き返る事』果たして叶うのか？――

希望と挑戦

慌ただしい夜からの慌ただしい朝は、勇気の目覚めで始まった。

「おっは母ちゃん」「お母さんおはようございます」

「おはよう、ゆうき、こころ」弁当を作ってキッチンにいた母は、いつも四時に起き朝食に、掃除洗濯、みんなの準備までしている。そんな母が思いっきり口角を上げ、二人の名前を呼んでくれたので、以前の日常が戻った様だった。

「おはよ……いつも早いなぁ～」僕達が？　ロープ、ボルダリング雲梯と、事故前の日課をこなしていると、目を擦って父も起きてきた。

「よっ父ちゃん、俺生きてるよ」

「ゆうき……夢じゃ無いよね」母は涙を拭ったが笑みが零れていた。

朝ご飯もいっぱい食べさせられ七時四〇分、「行ってきま～す」「いくっス」

「行ってらっしゃ～い」と父と母が一緒に笑顔で送り出してくれた。

玄関のドアを開けると直線的な太陽の光が、生きる事の眩しさを教えてくれた。何より勇気と一緒の登校で、生きている確かな実感を体が表現してくれた。

いつも通り勇気が弾む声で挨拶をすると、穂香は昨夜の顔と一転し、お茶目な笑顔でお母さんと一緒に家を出てきた。

「穂香ぁ～、おっはぁ～」勇気の挨拶に二人とも目を丸くしながら迎えてくれた。

「こころ？　だよね……」久し振りの外で眩しそうに目を細め、僕の顔を覗き込み聞くので、今日はあっさり答えた。

「そうだよ。勇気が穂香も泣くなって」穂香のお母さんに手を振り先を急いだ。

「勇気が言っていた？？？　……」不思議そうに聞かれたが、僕も勇気も答えず走り、清太の家に向かった。家に着くと母がいない清太は、お父さんと一緒に待っていた。

「清太、今日もぶっ潰す！」と拳を突き出した。

「ゆっゆうき？　……かぁ」二人ともポッカーンと口を開いていた。穂香は後ろでズッと首を傾げ口を尖らしている。それでも清太は勇気を感じたのか、似合わない涙を浮かべていた。昭人の家では両親が出て、流れと表情は同じだった。

僕達は事故以来、家に籠っていたので、手で日の光を遮りながら、四人揃って変な格好で走った。とにかく学校行って先生に挨拶しようと、僕だけど勇気が先頭で急いだ。途中の事故現場は、四人とも光を遮る手を、縦に動かし振り払う様にシンクロし、全力で走り抜けた。

何時もの僕と違う雰囲気に戸惑いながら、幼馴染の背中を押す激しい吐息と共に、勇気を受け入れてくれた事を実感できた。

「おっ……おはようございます」と息も上がった状態で職員室に飛び込んだ。

た。

「はぁ、お、おはっ……す」清太、昭人――続いて息が切れ膝に手を突いて穂香が入った。

「はぁはは、お、おはようございます」真っ先に大垣先生と八重樫先生が四人を抱きしめ、迎え入れてくれた。職員室では嗚咽と拍手が入り混じっていた。

「ゆっ勇気も一緒です。だから、ぼ、僕は泣き虫を止めると思います」と言い涙目になった。

「泣くな！　それに、思うじゃない！」胸を叩き勇気が声を出したので、まるで腹話術だった。その様子に先生達、清太、昭人も不思議そうだったが、穂香だけは確信していた。

「やっやっぱり……本当に勇気がいる。勇気いるのね！」

「ああ、いるよ」と勇気が答えると、清太も昭人も信じた様子で、何度も首を縦に振り頷いた。

職員室は嗚咽と笑い、歓声が入り混じり、大垣先生と八重樫先生は唖然としていたが、優しい眼差しで頭を撫で、強く抱きしめてくれた。その状況にやっぱり涙が出た。

「泣くなって、俺、地獄に落ちるだろ」先生達の笑いを背に、頷きながら職員室を出た。

進級しても勇気と別々のクラスだったので、どちらのクラスにも行って挨拶をした。

クラスでも職員室同様、不思議そうに「こころ？・・・ゆうき？・・・」と疑問符が飛び交いながらも歓迎してくれた。こうして学校生活は再開されたが、学校中で勇気が僕に乗り移り、生き返ったと話題となり、後に町中に都市伝説として広がった。それは本当に伝説の始まりだった。

　勇気には閻魔様と「僕の泣き虫を治す」約束がある。約束を守るため僕が清太との勝負に勝ち、野球で「泣き虫」から脱却させようと考えていた。そのため事故前よりも厳しく練習をしたが、それでも悲しみ暮れる毎日から解放された事が嬉しかった。頑張っている姿に父も母も勇気を感じたからこそ、以前の笑顔が戻っていた。

　前に話した通り、我が家はスポーツセンターみたいだ。家に帰って屋上で練習していると、仕事の合間に父と母も来て練習に参加した。その練習は勇気の意識が推し進めていた。

「はあ、はぁ～、勇気少し休もうよ」「ダメだよもう一本」同じ体で勇気の意識になるとロープも登れるようになり、怖がりの僕の意識になると——ドッガ、ドン——。

「痛ったぁ～、ひっ……」床に落ちた。
・・・
「こころぉ～大丈夫？」と母が駆けつけようとすると、

「大丈夫！　心泣くな」勇気だけど自分がピシャリと言う。でも痛かったのは僕だから、

「大丈夫じゃないよぉ～」

「どっどっちよぉ」と母は苦笑いだ。

　勇気の意識で右手を動かそうとするが、僕の右手は障害で上手く動かなかった。

「無理だよ～、上手く動かないよ」

「無理じゃない諦めるな！　絶ってぇ～動かす」と言って勇気はテニスボールを握り、箸を持つのも、字を書く事も右手で練習した。勇気は諦めなかった。数週間するとどちらも

クリアし、更に右投げで二十メートル以上、キャッチボールが出来るようになった。

「大丈夫かなぁ～」「ゴチャゴチャ言うな。いくぞぉ父ちゃん」勇気は僕の心配をよそに父を座らせピッチングを始めた。母も心配そうな顔で見守った。

「おう、思いっきりこい」大きな声で父は、キャッチャーミットを構えた。スパン――

「ヨッシャ」と勇気は手を挙げた。勇気本来のボールではなかったが、驚きだった。

「ゆうき……」と母は涙を浮かべ呟き、父も投手二刀流の始まりに感動していた。

「凄い……僕の右手でも投げられた……凄いよ」

「でもまだだ……やれば出来る！　父ちゃんドンドンいくぞ」と勇気は満足しない。

「ヨッシャ勇気来い」と父も気合を入れた。

「頑張れっこころ！　頑張れゆうき！」母は手を振り笑顔で応援してくれた。

ピッチング、バッティングを左右どちらもやるので、2倍の練習量になったので、父は屋上に照明を設置し対応した。僕にとって読書の時間が無くなり、嬉しくなかった。

「心ぉ～、違う。こうだよ」勇気は筋肉の動きで察知したが、僕は違いが分からなかった。

「ぐっひぃ、ひっく」スポーツ好きじゃない僕の泣き虫は治らなかった。それに厳しい練習が、泣き虫を治す事に関係あるのか？　疑問だったが……勇気はお構いなしだ。

「負けないで　もう少し　最後まで走り抜けて　どんなに離れても　勇気はこころの中にいるわ――んっんん――」母が歌で励ますので動いた。

こうして勇気と僕は、朝二〇球、学校で三〇球、夕方二〇球、清太との勝負に備え、真剣でハードな練習をした。それが考えもしない『甲子園優勝』への道だった。僕の意識だけだったら、右手を使う事も、続ける事も出来なかった筈だ。勇気がいたから出来た。

月一回の定期健診で、握力計を右手で握ると二三kgもあり、小学六年生の平均を上回り、右手を動かす左脳が劇的に障害を乗り越えている事に、先生は奇跡だと驚き、事情を詳しく話すとＤＩＤ（解離性障害）の効果的な症状だと更に驚いていた。

人間は意識が支配するという。正にその言葉を証明していた。

――閻魔の約束を忘れる程、僕たち家族は充実していた――

季節は緑の葉っぱが存在感を深め、躍動してきた六月半ば、全国少年野球大会も始まり佳境に入っていた。例年のさつきファイターズは弱小チームで人数が少ないが、今年は勇気と清太がいて優勝も狙えると評判だった。だが、あの忌まわしい事故で主力四人とマネージャーを欠き、全員ショックを受け大会を辞退していた。

それでも子供達を事故のショックから立ち直らせるため、大垣先生、八重樫先生、千田正平監督を中心にＰＴＡも動き、さつきファイターズの試合を計画した。そしてライバル校と練習試合をする事が全員に伝えられ、練習を開始していた。

僕の人生で野球の原点となったあの頃のメンバーを紹介する。

キャッチャー吉田正人、ファースト太田健斗、セカンド佐伯雄太、サード荒木清太、ショート下山昭人、レフト秋山省吾、センター佐々木慶喜、ライト増田博也、控え選手は山田誠二、鈴木亮介、選手一二人とマネージャーが篠原穂香。監督千田正平、顧問は大垣先生。

　勇気を除いてだが——勇気は僕の中にいる。みんなが見守る中マウンドにサウスポーピッチャー如月心、僕が立った。勇気がいると言っても、特に精神力が必要となるピッチャーが「蚤の心臓」の僕に務まるのか不安しかなかった。

「心、またお前泣きそうになってるな」「う、うん…」「何も考えるな、ミットに集中しろ」「う、うん」勇気は僕が考える事を何でもお見通しだ。

　バッターボックスに清太が立った。マウンドから見る清太は一回り大きく見える。

「頑張れ！　こ・こ・ろぉ～」と穂香が声を張りあげ、みんなも呼応した。

「気合入れろ！　心ぉ～」

「ヴぉっふぉ……せ、清太ぶっ潰す……」勇気に胸を叩かれ咳込み小声だった。

「心ぉ～調子狂うよ。もっと気合入れろ！」勇気と同じセリフで清太が言う。

「うん、頑張るから」「だから闘争心……わかる？」「うん、ひっく、うん」「泣くな心」

　自信と闘争心も必須だが、残念ながら僕はどちらも持ち合わせていない。それでも勇気に促され、右足を上げ大きく踏み出し、思いっきり腕を振った。生まれる前から勇気の真似をして育った。だからそのフォームは写し鏡の様に勇気と同じだった。バッターボックスの清太はリラックスした態度から一転、緊張し真剣に構えた。

全員の口が「ゆうき」と動いた。

そして僕が投げた注目の一球目は、清太の目の前を通り過ぎ、キャッチャー吉田正人も手を伸ばしたが、大きく外れバックネットに勢いよく突き刺さった。そのボールを見た清太は目を輝かせ大きく腰を折って、ホームベースをコンコンとバットで小さく叩いた後、勢いよく体を大きく反らせた。

「ヨッシャー、ドンドンこいやぁ～ぶっ潰す」と不敵に左の口角を上げた。

「ごっゴメン……ぐひ……」「なっなに泣いてる心！」暴投で清太が怒っていると思った。

「だから、いちいち泣くな！　心、お前は凄いんだ。今ので清太が認めただろ」

「そっそうなの？　あれって怒ってないの？」勇気に聞いたが、

「心ぉ～ブツブツ言ってないで、ドンドンこい！」やっぱり清太は怒っている様だった。

「ほら、自信もって行け」「うっ、うん……」と勇気に言われるまま二球目を投じた。

ガッス——ポーン、ポンポン——今度はホームベース五〇センチ手前でワンバウンドしながら、バックネットに当たり戻ってきた。バッターが立つと僕はノーコンだった。ピッチャーのフォームは勇気だが、緊張でボールを離す位置がイメージ通りにならない。ピッチャーの腕には、精神的な緊張が伝わり、握力とかに影響しリリースが定まらない。また泣きたくなってきた。

「あっちゃー、やばいかも……あっ心ゴメン、ゴメン今の取り消し」勇気の本音が漏れた。

「僕には……ひっくぅ……」と泣き虫が湧いてくる。

「大丈夫だ心、始めはこんなもんだ、どんどん行け」しかし、その後も一〇球続けたが、どうしてもストライクが入らなかった。

「お～い、やってるな、どうだ心は行けるか？」大垣先生が来て清太に聞くと、

「ん～ん、良いボールは持ってるけど……ストライクが入らないっス」と清太が首をかしげながら答えた。大垣先生は穂香を見たが――穂香も首を竦めた。

「そうか……ま、まあいい、みんな集まってくれ良く聞けよ。九月二八日『幕張マリーンズ』と試合が決まった。お前らの実力を見せつけるぞぉ～」

「おっおおぉ～、やったぁ」去年全国大会ベストフォー、今年も全国大会に出場し、優勝候補筆頭との呼び声も高い幕張マリーンズ。その宿敵マリーンズとの練習試合では一勝一敗、勇気と清太を始め全員が、宿敵幕張マリーンズを倒す事を目標にしていた。

「決着を付けよう――ぶっ潰す」全員闘志むき出しだった。

「それと、ピッチャーは心、心に全てをかける」と先生が言うとみんなが僕に注目した。

「おおぉ～心、頑張れよ！」とみんな勝手に同意し大きな声を出した。

「絶対勝つぞ！」と清太が握り拳を突き出し、僕の胸を突くと僕はヨロケた。

「おおぉ～任せろ絶対勝つぅ！　気合入れろよ！」勇気が勝手に大声を張り上げた。かなり不安な心を勇気が察する。読み取るというより意識が一緒だった。

「よし、もう一度投げてみろ。清太、バッターボックス外れボールを見てくれ」と大垣先生が言うと清太は頷き、全員が守備に散り同時に大垣先生は右バッターボックス脇でノッ

クを始めた。本来千田監督の仕事だが、監督が来ない時大垣先生が楽しんでやっている。

僕も再びマウンドに立った。左ボックス脇に清太が構え、マスクを被った穂香が審判をした。校庭に野球部全員の声が響き渡り、他の部活の生徒も『都市伝説』を信じ注目していた。

「よし、心ドンドン投げて見ろ」と大垣先生が即す。

「はい」「心、お前は出来る」「……はい」相変わらず小声だった。

僕は大きく振りかぶって、思いっきり足を踏み出し、腕を振ると細身の腕はしなった。そのまま前傾し、ホームベースに一番近いところでボールをリリースした。勇気のフォームをイメージ通り体が動いた。

――ズッバーン――吉田のミットは音を立て、周囲の注目していたサッカー、陸上部などからも歓声が沸き、正直僕自身ビックリした。

「す、すっげぇ～、これだよこれ、心ぉ～すげぇ」と吉田が両手を突き上げた。清太と穂香も思わずガッツポーズだ。清太に代わりサードを守っていた昭人は、ノックのボールをトンネルし、口を開いて見ていたが「ヨッシャア～」と拳を突き上げた。

「いいぞ、いい、心その調子だ、ドンドンいけ」

「うん」――ズバーン――「いいぞ、いいよ」吉田が笑いながらボールを返してくれた。

「なっ出来るだろ。それに気持ちいいだろ。ふっふ～ん」「う、うん気持ちいい」

すると清太もボールに会わせて素振りを始めた。

――ズバーン――一〇球程続けコントロールも問題ない。吉田の構えたミットに収まる。

「心いいぞぉ～清太打て」と大垣先生が指示を出す。

「ヨッシャァー」と清太が気合十分に答え、右バッターボックスに入った。そこでブンブンと素振りを始め、腕を伸ばし、ヘッドを僕に向け気合十分だ。

「ヨッシャぶっ潰す！」その勢いに気圧されると「ビビるな！」とすかさず勇気が言う。

「よ～し、みんな声を出して守れよ」

「いっけぇ～心ぉ～」大垣先生の気合で、みんなも大声を張り上げた。その声に釣られる様に振りかぶって投げた。しかしボールはまたしてもバックネットに突き刺さった。

ビビリに体が反応し、バッターが立つとどうしてもノーコンピッチャーになってしまった。みんな青い顔で肩を落とし、「こ・こ・ろぉ……」と口をアングリした。

「ひっく……僕……ひっく」大粒の涙を流し泣いてしまった。

「心、グローブ貸せ！　いいか良く見てろ……あっ見れないか」それまで珍しく無言だった勇気が、左にグローブを嵌め、バシバシとボールを打ち付け気合いを入れた。

「清太ぁ～、勝負だぁ～！」ボールを持った右手を突き出し勇気が吠えると思わず、

「こいやぁ～！　勇気ィ～」清太は反射的に勇気の名前を呼んでいた。みんなビックリした。それもそのはず勇気は右投げにスイッチ、投手二刀流を披露した瞬間だった。

「いいか心、気合いは集中力だよ。何にも考えないで集中する。心の中にいると、ゴチャゴチャ面倒くせえんだよ、駄目だったら、打たれたら……そんな事考えるなよ。今、目の

前の事に集中する」と勇気が意識の中で語り掛ける。雑音が消え、目の前の景色も清太もボヤっと映り、吉田の構えるミットだけがドンドン大きくハッキリと見えた。目標だけが明確になってくる……これが集中力の答えだった。

「やるって決めたらトコトンやるんだよ！」勇気は吉田が構えるミットに集中すると思いっきり腕を振った――ズッドーン――清太は手が出ず見送った。鈍く重く外角低め一杯ミットに収まり、思わず吉田はミットを外し、痺れる手を何度も振る。

「わあああ～」大きな歓声と「ゆ・う・き、ゆ・う・き」コールが校舎全体を覆った。障害がある筈の僕の右手で、勇気本来のボールを投げた。それも練習の時より、僕の左より明らかに強いボールだった。今になって思い出しても感動し涙が出てくる。勇気のボールは本当に重そうだった。気合が乗り集中力の増したボールは、重く強いから音も違い、吉田の手も痺れさせ、さらに見る者を惹きつけた。

僕は、甲子園で優勝した後も、この勇気の一球を投げたくて今も練習している。勇気が残してくれた目標であり財産だった。

――正真正銘、勇気は僕の中で生きている――

弱い心と命の選択

「お帰り、どうだった」家に着くと母が心配そうに迎えてくれた。自宅が設計事務所で、設計担当の母は帰ればいつもいる。父は現場を担当しているので外出が多かった。

「母ちゃんただいま腹減ったぁ」「お母さんただいま、僕も……」母は笑いながら、いつもの様に用意していたパンケーキを温め、向かいに座り、前のめりで興味津々覗き込んできた。

「清太君と勝負してきたでしょ。ね、どうだったこころ、どうだった」

「きょうは駄目だった……」

「そ、そうなの？　でも初めてだから……心は大丈夫、それに勇気もいる！」

「心の中って面倒くさい！　すぐ泣くし……それより母ちゃん、九月二八日土曜日『幕張マリーンズ』と試合する。心が投げる」パンケーキを頬張りながら勇気が言い、

「僕ピッチャーだけど、ストライクが入らない……ひっく」情けなさに食べながら泣いた。

「心ってば泣くな、俺が地獄に落ちる！　心はスッゲーいい球投げるのに、バッターが立つとビビッてストライクが入らない。母ちゃんどうやったらビビらない？」

聞かれた母は少し首を傾げ苦笑いをしながら……、

「ん～、心は優しいのよね……だから、どうしよっか？　古いけど手の平に『人』を書いて飲み込む……ビビリに効くのかな？　違うか？」母はこういう例えが苦手で頭を抱えた。

「ただいま」丁度良く理論好きの父が帰って、事情を説明すると得意そうに話し始めた。

「心、優しさって本当は強いんだよ。だって心は閻魔様から勇気を戻してくれただろ。心の優しさがなかったら、勇気は戻れなかった。その時と同じような気持ちで野球でもすれば……いいんじゃないか」

「僕が、勇気を戻したときみたいに？　だってあの時は夢中で……ひっく」

「そうだっ、あの時心は必死に俺を呼び、閻魔様に勝ったんだ。そうだよ色々ゴチャゴチャ考えない『夢中になる』それが集中力と闘争心になるんだ。夢中になって泣いた様に……？　んっ泣いたら……俺、地獄だよ」閻魔様の約束を思い出し困惑していた。

・・・

「こころなら出来る」勇気の事を思うと、母は切実だったのだろう。その思いが込められた言葉を背負いながら、ボルダリングと綱のぼり、雲梯、屋上でピッチング練習をした。

「疲れたぁ～……」「疲れない！　疲れたと思ったら疲れるから笑え」「ぐひィ……」母を泣かせたくないが、練習はキツく体を鍛えても、心が強くなるのか疑問が消えなかった。

「勇気、心ご飯よぉ～、お父さんも――」

　その日は二人の大好きなハンバーグカレーだった。勇気は大盛で三杯食べ、朝と同じ様に僕はゲロゲロだったが、それでもゲロする事を勇気は許さない。。

「心、出来る出来ないとか考えず『出来る』と声を出し宣言し、自分自身をいい意味で洗脳？　……俺が戻ったのも心が念じ、奇跡が起きたんだよ！　だから絶対できると声に出す」

「う、うん」勇気は風呂入っても、布団に入っても心の持ち方を教えてくれた。高校生になって、ある本で読んだが「信念を養うには、その漢字通り信じて念ずる事。念じなければ信念は養われない」とあったが、小学六年生の勇気はそれを実行していた。

毎日バッターが立って、投げ続け一〇球のうち三分の一がストライクを取れる様になったが、そのストライクを清太は簡単にホームランにした。まだビビリ球だった。

勇気の様に思いっきり投げ、活きたストライクが取れなかった。

「あぁ～、面倒くッセェ～心ぉ、お前の中に勇気がいるんだよな！　だったら勇気が投げればいいだろ。勇気投げろよ！」清太がじれったくなり昭人も同調して声に上げた。

「清太、そんな言い方しないで、心は頑張ってるでしょ」と穂香が反論した。

「いや俺達も清太に賛成だ。野球は勇気がやればいいんだ」センター佐々木慶喜も同調し、全員が口々に勇気が投げろと言い出した。穂香とキャッチャー吉田は黙って下を向いていた。

「ぐひィ、ひっ……」それは当然の事で同意できたが、情けなく涙が溢れた。

「吉田いくぞ！」勇気はグローブを右手に嵌め、吉田を座らせ振り被った。

「お、おう！　さ～こい！」吉田は慌ててミットを構えた。

「よしゃぁ――行け勇気ィー」みんな声を揃えた。

——ズッドン——ズッドーン——勇気は何か取付かれたように何球も投げた。

「勇気、ゆうき・・・」全員がコールをする。

「やっぱり勇気だ、勇気が投げれば勝てる。絶ってぇ～勝つ！」と清太が吠えた。

「絶ってぇ～勝つ！」みんなが叫んで人差し指を突き立てた。

——ズッドーン——汗が飛び無言で投げ続け、静かにグローブを外した。

「勇気どこ？　……ゆうき……ぐひっ」勇気の意識が消え、不安を掻き立てられた。

「絶ってぇ～勝つ！」対照的にみんなは意気盛んにグランドを走っていたが、僕はカバンを取って急ぎ足で家に帰った。穂香も急いで追いかけて来て、僕の袖を無言で引っ張り一緒に歩いた。この日を境に皆が、勇気が必要だという雰囲気になった。野球より本を読んでいる方が好きな僕にとって、都合のいい展開だった。僕は楽な道を選択した。

この日から僕の意識が薄れ、野球の時は勇気が僕を独占した。それは勇気の『生き返る』という願いが叶っている時でもあった。僕の意識と乗り換えれば『生き返る』事になる。その傾向は如実に表れ、これまで二人の意識が同時に存在していたが、ここ数日どちらか片方の意識でしか記憶がない。

その事は、どちらが肉体を占有するか、残酷な選択でもあった。

ある日の夜、薄い意識の中、大きな影が近づき覆い被さってきた。

「お前でいいな！」噴火で起きた地響きに近い声で、閻魔様だと分かった。あの事故の時、間違って僕がこの世に残っただけだと思っていた。助けようとした勇気じゃなく、事故原因を作った僕が死んだ方がいいと、それ以来考えは変わらなかった。

「うっうん……僕の方がいいよ」と答え、意識が消え一週間程、僕の体を勇気が独占し、気が付くとリビングテーブルの前に座っていた。

「心、母ちゃん、父ちゃん俺……決めた」久し振りの勇気の声だった。

「ゆうき、こころ……」父と母はその決断を知っていた様だった。僕はこの数日意識が無い、何があったのか分からなかった。それでも閻魔様との約束で重大な決断だと予測できた。

「心と代わろうとした……ぐっヒ」勇気が泣いてたが、僕は何も言えなかった。

「野球やりたくて……いや生き返りたくて……ぐっヒ」勇気が続けると、父と母は何も言わずボロボロと涙を流して立ちつくした。更に勇気は続けた。

「閻魔に心の泣き虫を治したら生き返らせて欲しいってお願いした。そしたら『ウォーし、勇気坊主その願い叶えてやる。ヴぁっはぁ～』って笑ったので、願いが叶うと思って喜んだ。生き返り野球が出来る。俺が野球やった方が、心も泣かなくなるって、みんなも俺の方がいいって……だから心に代わって試合に備えようと夢中で投げた……」

「ぼっ僕も、その方がいいと思う……閻魔様にも僕でいいって言ったし」

「心、でも、俺……体無いから……えっぐぅ」

「そっそれでも、僕と代われば……勇気はみんなに好かれてるし才能もある。だから僕と代わった方がいい……」父と母の方を見た。父と母がどちらか選択する事など絶対考えられない事だった。それでも僕は見てしまった。

「えぐぅ〜、ぐぇっ……ゆうき、こころぉ、このままぁ〜このまぁっ」

母は滝のような涙で顔を覆った。いつも明るく優しい母の泣く姿は本当に辛かった。父も唇を噛み震わせ、涙は服を濡らしていた。あの事故も、今度は勇気が戻ってくるように懇願し、こんな残酷な選択を招いてしまった事、全部僕の泣き虫、弱虫が原因だった。

「もともと僕が望んだ通りだし、勇気が僕の体を使えば才能を開花させ偉大になるし……僕は全然っ平気だよ。ただ寝ているだけだし……ぐヒ……」何故か泣けてきた。

「心は優しいなぁ。それに比べ俺、本当に弱虫で自分勝手だった……生まれて来る時、苦しくて心を押しのけたし……事故の時も心の手を掴めたのに怖かった……掴んでいたら二人とも助かったって……そして今回、自分だけ生き返ろうと、心と入れ代わろうと……でも閻魔は全てお見通しで『勇気坊主、お前はまだ約束も果たせず今度は、生き返りたいと言うならその願いはいつでも叶う。だがお前の体は現世にもうない。意味分かるか？　願いを叶える方法はたった一つだ。泣き虫弟と入れ代わり、弟が地獄に行く！　勇気坊主お前が決めろ！』って、死にたくない……死にたくなくて……ぐっヒ、でっでも心が地獄……って、それでも父ちゃん母ちゃんに、どっちがいいって、ぇっぐぅ困らせて」

「ゆうきィ〜えっえぐっ」母は床に崩れ落ち、足にしがみついて泣いた。

「ぼっ僕でいいよぉ、勇気ィわぁ〜ああ〜」僕は叫んでいた。

「心は強い……俺、今まで自分が良ければばって、でも今度だけは……心が地獄に落とされるし、死んでも後悔するぇっ……一番……母ちゃんと父ちゃん困らせたくないし、勇気を出さなきゃ……」母は強くしがみつき、父は体をガクガクと震わせて泣いた。

「泣かないで……」「……」

「俺、勇気だから……ねっ願い事は『心の勇気になる事』に決めた」

閻魔からの期限は、幕張マリーンズとの試合が最後の日と決められた。願いを叶える事は十二歳の少年と家族にとって、あまりにも過酷で残酷だった。窓の外には新月の華奢な光が、深く暗い空、ふたご座との共演で、印象的な輝きを放っていた。

――変えられない運命、越えなければならない選択、そして誇りがある――

次の日、大垣先生、八重樫先生と千田監督に事情を説明した。三人とも涙を流し、何とかならないか考えたが、人智を超えた別の方法がある訳ではない。

そのまま生徒たちに伝えるしかなかった。

「ピッチャーは心だ。変えられない……」と千田監督が伝えたが、みんな納得しない。

「駄目だ、絶ってぇ～勇気！　こないだ決めた！　みんなそうだよな」

「そうだそうだ！　心じゃ負けるよ」清太に同調し、皆も言い出した。穂香だけは俯いて唇を噛んでいた。勇気と僕は何も言えなかった。

「駄目だ、ピッチャーは心だ！　心が投げる……」

「どうして、勇気がいるのにどうしてだよ先生」清太は納得できなかった。

「そうだよ、せっかく神様が奇跡をくれたのに納得できない」

「だめなんだ……みんなわかって欲しい……勇気はいるけど駄目なんだ。勇気は心の中に、みんなの中にも勇気がいる。心が投げないと勇気は……天国に行けない。勇気を天国に送らなきゃならない……頼む……」大垣先生はみんなの前で、涙を流しながら理由を言った。

八重樫先生が続けた。

「君達全員の心の中に勇気は生きてるの、生き続けさせるのよ」全員が勇気の死を改めて認識し理解したが、納得できなかった。それでも受け入れなければならない現実に、立ったまま泣いていた。そして受け入れるしかない事を知った。

「みんなぁ〜俺達は、幕張マリーンズを絶対ぶっ潰す！　絶ってぇ〜勝つ！　絶ってぇ〜かぁ〜つぅ！」勇気は学校全体に響き渡るように何度も鼓舞した。

「絶ってぇ〜勝つぅ〜！」清太と昭人も泣きながら続けると、全員が声を張りあげた。

「勇気と一緒に、心に勇気っおおおぉ〜〜」穂香も絶叫した。

永遠の絆

勇気を天国に送るため、勇気の二度目の死が近づくのに、泣く事が出来なかった。
いや泣かないと決めた。そして家族で時間を惜しみ、朝から晩まで一生懸命練習し、温泉プールや、海にも行って、食事もお風呂も全て一緒に過ごした。僕はなるべく勇気と父と母の会話時間が長くなるようにした。
試合前々日九月二十六日（木曜日）
その夜は勇気の希望もあり、久し振りにドリームランドでパレードと花火を見た。その華やかな眩いばかりの光は、僕たちの儚さを浮き彫りにするようで、僕は無力感を感じるしかなかった。それでも勇気は、それを打ち消す様に明るく振舞い、父と母はそれに答え、精いっぱいの笑顔で勇気と一緒に過ごした。
「閻魔に感謝しなきゃ、別れも言えず死んだのに、大好きな野球も出来るし、皆にもお別れも言える。母ちゃん、父ちゃんと一緒にいれた……それに心と兄弟で良かった……ありがと」と勇気は笑った。
最後の夜、九月二十七日（金曜日）
ケーキに一二本のロウソクを立てた。灯かりを消し火を灯すと、その炎は危うく揺れ、命の儚さ思い知らせた。その儚さを打ち消す様に、今日を『こころのゆうき』が宿る日としてバースデイソングを奏でた。そのあと勇気は母にいつもの歌をリクエストした。

「まけないでぇ……もおすこし……」母の歌は途切れ途切れでも歌い続け、僕達も口ずさみ、顔はクシャクシャになって――涙が止まらなかった。揺れ続ける炎をジッと見つめ、消す事が出来ないロ－ソクは、ただただ涙を流す様に溶けた。

勇気……互いの温もりを忘れない様に、親子はただただ抱き合った。

――言葉にならない……言葉はいらなかった――

九月二八日（土曜日）ついに決戦の日、最後の日が来た。

幕張マリ－ンズは全国少年野球大会で優勝していた。本来なら全国制覇したチ－ムが引き受けるはずのない試合だった。それに僕にとってあまり嬉しくなかったが、その主力メンバ－で臨んでくれた。大垣先生と千田監督が、幕張マリ－ンズの監督と知り合いで、さつきファイタ－ズのピッチャ－勇気とバッタ－清太に注目していて、事故を知り大いに悲しみ残念に思っていたという。そして僕達を立ち直らせようとする今回の企画に賛同し、全国大会終了後ならと、メンバ－全員、父兄、学校も賛同、異例の試合が実現した。

勇気は張り切っていた。会場は幕張にある球場を借り、本大会同様、正式な審判もついた。大垣先生と八重樫先生が、関係各所を説得し、やっと会場を見つけ試合に漕ぎつけた。

全国制覇した幕張マリーンズの知名度と、死んだ勇気が僕に乗り移り、障害を克服した投手二刀流の『都市伝説』が、両校の生徒、父兄だけでなく、多くの一般人、マスコミまで球場に足を運ばせた。それ程あの事故は地域にとって衝撃であり、立ち直る事が学校や保護者の祈りでもあった。透き渡った青い空は、満員の球場を包み込んでいた。

ダグアウトでは、千田正平監督からオーダーが発表された。

一番サード荒木清太、二番ショート下山昭人、三番ピッチャー如月心、四番センター佐々木慶喜、五番ライト増田博也、六番キャッチャー吉田正人、七番レフト秋山省吾、八番ファースト太田健斗、九番セカンド佐伯雄太、コーチャー一塁山田誠二、二塁鈴木亮介このオーダーで戦う。

「今日は作戦はない。勝つために君達が考え、君達の野球をしてくれ」と千田監督、

「君達なら勝てる！　自信を持て！」大垣先生が言う。

「心に勇気を！　勝つぞぉ〜、さつきファイタ〜ズ！」と八重樫先生と穂香が一緒に吠えた。

「オッシャ〜、勝つぞぉ、さつきファイタ〜ズ！　勝つぞぉ！」と清太の掛け声で円陣を組み「お、おおお〜絶対勝つ！」四股を踏み、拳を握りジャンプ——地面を強く踏んだ。

「必ずぶっ潰す！」勇気が締め整列して走った。

ホームベースの所に両軍が整列すると、公式戦同様に大きな歓声が上がった。

「よろしくお願いします」選手全員の声が揃って、お互いにそして審判に挨拶した。

幕張マリーンズの先行で、マウンドに立つと多くの観衆で、心臓がバクバクして足が震える。スタンドに母と父が来ている筈だが、僕には緊張で目が霞み見つけられなかった。

「心、ほらボールだ」「う、うん」ボールを手に取り見つめ、勇気に尋ねた。

「お父さんとお母さん来てないの?」「何見てんだよ。あそこだよ」と勇気が指す方向には、「いっけぇ～、こころぉ、ゆうきィ～、頑張れぇ」両手をメガホンにして声を張上げ、ひと際大きく腕を振りながら応援する父と母の姿があった。その両脇に穂香、清太、昭人の親も、それぞれ手作りグッズを振って声を張りあげていた。

「頑張れぇ～、絶対かぁ～つ!」みんなの応援する姿を見たら更に緊張した。

「ほら心、深呼吸だ」と勇気に言われ、青空を吸い込んだ。

「よ～し来い!」とキャッチャーの吉田が大きな声でミットを構えた。

「心、思いっきり投げろ」「う、うん」僕には緊張でミットが見えていなかったが、落ち着く余裕もなくモーションに入った。そして思いっきり投げた――が、吉田がジャンプし手を伸ばしてもミットを大きく外れ、バックネットの網を直撃し突き刺さった。みんなの声が消え、少しの間をおいてザワザワと球場に秋風が渦巻いた。幕張マリーンズの選手もそのボールに驚きを隠せず、多くの選手がベンチを飛出し素振りを始めた。

「心ぉ～、大丈夫! いけるよぉ～」母の甲高い声に合わせ、勇気がドン、ドンと胸を叩いた。

「ブッフォ」「心いいぞ、それに周囲はカンケ～ネェ集中!」「う、うん」続けて二球目、三球目と連続してワンバウンドでまた不安になった。

「心、大丈夫だ」その言葉に励まされ四球目、五球目は糸を引くように、吉田のミットに吸込まれ力強く響くと、マリーンズ選手の素振りにも力が入った。

「心、絶ってぇ～勝つぞ！」投球練習が終わり清太が外野の方に両手を上げ声を出す。内外野から大きな声が返り、少し落ち着いた様に思えたが……バッターが立っていない。

「心、集中しろ！　吉田のミットに集中……心なら出来る。ゼッテ～勝！　気合い入れろ」

「ゼッテぇ～かぁ～つ！」勇気の様にと思ったが、まだ歓声に負けていた。

「腹から声に出せ、心ぉ～」「う、うん……ゼッテぇ～勝つ！」やっと大きな声を出した。

「心ぉ～思いっきり行け。フォアボールなんか気にすんな」清太と昭人、吉田、太田、佐伯の内野陣が集まって声を掛けてくれた。あれだけ虐められていた清太と昭人は今や心強い仲間になっていた。スタンドの母と父が手を合わせ祈っている。この試合で僕に勇気を宿さなければ、閻魔様に地獄に落とされる。父も母も祈るしかなかったと思った。

「お父さんとお母さんが祈ってる……」「父ちゃん母ちゃんはいっつも、ああやって応援してんだよ。心が見えてなかっただけだろ」「そ、そうだったんだ」「まあ、見えてきたって事は良い事だ」

「プレーボール」ウウウーウウ――審判の声と共にサイレンが鳴り響く。

雲一つない青い空を見てまた深呼吸した。今までの苦しかった練習を思い出し、吉田のミットを見ると大きく見えた。相手バッターはボヤっと浮かび集中できていた。

ゆっくり振りかぶった。出来るだけ大きくゆったり。そして足を踏み出し下半身主導で、上体はゆったりと翼を広げるように――勇気のフォームをイメージし、左足でプレートを思いっきり蹴って腕を振り抜いた――ズッド～ン――静寂した球場全体に木霊した。

「ス、スットラーイクウ～！」審判の手が飛び上がるように大きく上がった。

「うっおおお～わっあああ～」大歓声だった。

「こころぉ～、ゆうきィ～」まだ一球なのに母と父は手を握り、口を尖らせ大きな声を出していた。相手ベンチは慌ただしく動き、数人がベンチの前で素振りを続け、監督も三番バッターに耳打ちして何かを伝授していた。いつもと違い周りがよく見えていた。

バッターが打席に入ると、少しバットを短く持っているようだ。

「心いいぞ、やれば出来るじゃん。でも色気出すなよ。相手は日本一だ」

「う、うん」勇気がいるから大丈夫「……俺じゃねぇ、心だ」二球目も三球目もど真ん中に投げた。バッターは見送った。生まれて初めて三振を取り、スタンドでは父と母が、両手を上げ小躍りし、球場全体が歓声で沸いた。

「あぁ～、これだよこれ、スカッとするぅ」「う、うん何だか……わかる」

「ヨッシャア～いいぞ、心ぉ～」清太の大きな声が頼もしかった。

「おおぉ～バッター打てない、バッタ～打てない。バッチ来い」みんなも腹の底から大声だ。

二番バッターは一番バッターより小柄なバッターだ。そして最初からバントの構えを取り、小さな体が更に小さく見えた。更にキャッチャーミットが隠れる程ホームベースの上に覆い被さったが、吉田は敢えて内角に構えミットをバンバン叩いた。

「心相手は打てないと踏んで、フォアボール狙いだ、心のコントロールを試すつもりだぞ、負けるなミット目がけて放り込め」「うん……」少し動揺したが勇気に助けられ、吉田のミットを目がけた。腕を振るとビュンと風を切る音が聞こえた。吸い込まれる様にミットに向かって……バッターが少し仰け反るとミットに収まった。

「スットラ～イック」と審判の手があがる。

「いいぞ、いいぞ、ナイスピッチ、ナイスピッチ」と全方位から聞こえてくる。

ところが二番バッターは更に深く、前傾姿勢でバントの構えを続ける。

「心、負けるな、ぶっ潰せ」「う、うん」と言ったがビビった。

「ボォー～ルゥ」審判は横を向いて首を振り、バッターは不敵に笑った。

「いい、いいよ打てない、打てない。真ん中いこう」キャッチャー吉田が大声で返球する。

「心、逃げるな、ここで逃げたら負ける」「う、うん」返事は同じだが僕は明らかに動揺し、涙が出そうになった。その意識は直ぐに勇気に伝わり胸をド突かれた。自分でド突いているのだが……手加減がなかった。

「ブッフォ……、い、痛いよ勇気」

「しっかりしろよ、俺を地獄に落とす気か？　負けるな」「う、うん」と再度頷いて三球目を振り被って投げた。今度は三塁とピッチャーの間にバントをしてきた。

「イッけぇ～心ぉ走れ」「あっあ、う、うん」と言われ走っ……プレートに躓いた。

「ぶっぴィ～」「なっ何やってるボケぇ～」「痛ったぁ」とマウンド近くでコケた。

「こっこころぉ～、ゆうきィ」と母が両手で顔を覆ってしゃがみ込んだのが見えた。スタンドは笑いと悲鳴が入り乱れた。砂の付いた顔を上げると、サードの清太が反応良く飛び出し、素手でボールを取り一塁にランニングスロー、そのまま手を伸ばし決めポーズだ。

「アウトぉ～ぉおおお～～」間一髪、一塁塁審が背伸びする様に右手を上げた。清太は昭和の大スター長嶋茂雄が大好きで、練習の時もカッコつけ簡単なゴロでも回り込んで、ランニングスローをやっていた。

「清太いいぞぉ～、清太ぁ～」声援が上がるとニヤけ、手を振る奴だった。球場は大盛り上がりで、清太のお父さんは学校旗を振って大声で叫んでいた。

「ふ、フウ～た、助かった」「でっでも転ぶなよぉ～俺まで痛いだろ」

「ＯＫ、ツーアウト、ツーアウトぉ～」みんなで声を掛け合った。吉田が駆けより、

「顔、大丈夫？」と言って、顔に着いた砂を払ってくれた。清太も昭人も来た。

「吉田、今度はカーブも使え」

「か、カーブ？　心……大丈夫か？」吉田は心配そうな顔をした。

「心は練習した大丈夫だ」「でっでもストライク入らないよぉ」「ボール球でいい。ストレートだけでは、あの沖田球児には勝てない」「う、うん」

「よ、よし勝負球はあくまで直球だよね」吉田は勇気の考えを理解したようだった。

「そうだ、俺だったら直球だけで三振にしてやるけど、心はまだ経験が浅いし左対左だからゴロ打たせてぶっ潰す！」「う、うん……」配球はだいたい決まった。

幕張マリーンズのクリーンアップは強力で、全国大会でも七本のホームランを打っていた。その中でも三番沖田は、優勝の最大の功労者で最優秀選手、四本も打った全国屈指の左のスラッガーだった。そして僕達が甲子園優勝した時のチームメイトとなった一人だ。

「心、沖田は俺より下手だ！　勝てる」と清太が笑いながらポジションに戻った。

沖田が左バッターボックスに入ると、極端なオープンスタンスだった。それにバットと左足を結構動かす。トップの位置は清太より低く小さく見えた。

「心は左だから有利だ。怖がらず一球目はバックドアのカーブで脅せ、当てる感覚で外角低目に逃がす！　気抜くな……」「う、うん」僕は胸に手を当てカーブのサインを出した。

勇気のアイディアで吉田に逆サインを送った。吉田は頷いて外角に体を寄せる。スタンドの母と父は二人で両手を握り合って見ていた。場内は全ての音を飲込み静寂をもたらした。

振りかぶって投げた。ボールは珍しくイメージ通り、コントロール良く沖田の背中に向かい、外角に逃げていく。自分でもビックリし思わず「ヨッシャ」と思った。しかし沖田の体は仰け反る処か、左足を大きく踏込みバットを一閃した。

スッパーンと軟式特有の音を残し、白球はレフト方向に舞い上がった。球場に設けられた少年野球用の仮設フェンスを越えるか――

「わっわあああ――」静寂は破られ、歓声と悲鳴が響き渡る。

「やっやられた。あいつ逆方向にスゲ～な」「う、うん、やられた……初めてあんなに上手く出来たのに……ぐひィ」「泣くな地獄に落ちる。相手が予想以上だった」「うん……」

それでもレフト秋山省吾は、反応良くフェンスに辿り着いている。バッターランナー沖田はもう二塁まで来ている。省吾がジャンプ一番思いっきり手を伸ばした。

少年野球は両翼七〇メートル、センター八五メートルの設定だが、左バッターの沖田が左投手のカーブを、逆方向にこれだけの距離を出すとは凄いセンスだ。勇気も何度か対戦し実力を認める好敵手だった。

それでもレフト省吾は諦めない。二段飛びでもしたかのように、手を目一杯伸ばしグローブがボールに届いたかに見えた。歓声と悲鳴はより大きく響いた――

「どっあっあああ～」とマウンドまで聞こえる大声を出し、フェンスに体を預け転んだが、ガッチリ取って、倒れながらグローブを持つ手を突き上げた。

「アッアウトぉ～おおお」三塁塁審が大きく手を挙げた。少し角度がついた分救われた。

「わっわああああ～――」悲鳴も歓声に代わった。

外野も内野もみんな、全速で走ってベンチに引き上げた。沖田は三塁に到達していたが、少しだけ悔しさを滲ませ、淡々と一塁側ベンチに走って行った。

「秋山ナイスぅ～」「う、うん、省吾カッコ良かった」僕は涙が出てきそうだったが堪えた。ベンチに戻るとみんなで、ハイタッチで迎えた。千田監督が省吾の頭をポンポンして良くやったと声を掛けると、大垣先生と八重樫先生も両手を広げ、満面の笑みで僕を迎えてくれた。

「心、いいよ、いい、この調子」と穂香が白い歯を見せる。

「勝つぞ！　絶対勝つ！　おっおおおお～」ベンチの前で円陣を組み、清太が気合を入れた。

「お、おおおおぉ～」膝を折ってジャンプするように、みんなで声を出した。

「スッパ～ン」小気味のいいミットの音がベンチ迄聞こえた。マウンドを見ると幕張マリーンズのピッチャー柴田恭介は珍しい左のアンダースロー、切れのあるストレートを小気味いいテンポでスイスイ投げる。浮上る様なボールで全国大会制覇の立役者だ。

　今回の試合は少しでも多く清太に回そうと、千田監督が一番バッターに清太を指名した。

「よし、清太いけぇ～、かっ飛ばせ～」みんなありったけの声で応援した。

「清太今日こそ行けよ」穂香もメガホンを持って大きな声で応援する。スタンドでは清太の父が学校旗と、さつきファイターズの旗を二本持って、豪快に振っている。

「こいやぁ～」清太はバットをピッチャーに向け、何故かこの時だけ関西弁だった。そして何時もの大きな構えから「ヴォン」と風を切った――

「あっ、あのバカ……」「あっ清太」勢い余って尻餅をつきスタンドからため息が聞こえた。

「だっはっはあああ」清太が笑ってごまかす。

「清太なにやってんだぁ〜」清太の父、荒木咲のひと際大きな声が響いた。

「さあ、こいや〜」気を取り直したのか、苦笑いしながら立ち上がり、尻に着いた土を払い、トップをひと際高く構えた。一方の柴田は、今の尻餅で余裕を持ったのか？　コントロールよくインコースの膝元に食い込む二球目を投じた。

「スッパーン」乾いた音を残して、あっという間にレフトフェンスを越え、球場の本当のフェンス手前まで、九十メートルは飛んだ。文句なしの先頭打者ホームランだ。

スタンドは一瞬で静まり返った。柴田は膝を屈し、ボールも見ずにマウンドにうな垂れた。

一塁塁審はボールを確認、右手を高々と上げ、頭上でグルングルン回した。清太はそれを見届けてから、今度はメジャーリーガー大谷のバットフリップを真似、バットを放り投げ悠々と走り出した。

「わっあああ〜、せいた、せいた・・・・・・――」の大歓声だ。清太の父は身を乗り出し旗を振った。悠々とベースを一周し昭人とグウタッチ、続けて僕とハイタッチ、ベンチに帰ると皆にヘルメットの上から頭をバンバン叩かれるが、気持ちよさそうにニヤニヤしていた。千両役者だ。

「ヨッシャ〜続け、続けぇ〜」二番バッター昭人は柴田の動揺をすかさず突いて、一球目からセーフティーバントで、球場全体の興奮が冷める前に、一塁ベースの上でジャンプしながら、両足の靴裏を打付けスパイクの土を払っていた。職人技を見せつけた。スタンドでは昭人の両親が抱き合っている。その横で母と父はまた両手を合わせ、お祈りを捧げていた。

　ノーアウト一塁で三番勇気が、左バッターボックスに入った。

「落ち着け、落ち着け、ここでゲッツ～、ゲッツ～」柴田も動揺していている様子で、ベンチからと大声が飛んで来ると、ベンチの腕組みをした監督を見て頷き、気を取り直して、バッターに向かい合った。

　全国制覇の幕張マリーンズを初回から追込んでいる。ベンチでは大垣先生、八重樫先生、千田監督は満足そうに三人で頷いていた。

「ゆうきィ、こころぉ～、ゆうきィ――」母と父は顔を上げ、声を張り上げていた。
・・・・・・
「心ぉ～、見とけよ！」「お、おう」僕と勇気の体は平均より少し大きいだけだが、トップは清太より高い位置に構え、清太より大きく見える。本来は反則なのかもしれないが、僕達は一人だったので打者の時には、心の勇気に代わった。

　柴田がランナーの昭人にひとつ牽制を入れ、慎重に一球目を投じた。

　左バッター勇気にバックドアのカーブが決まったが、ピクリとも動かないで見送った。

「スットラ～イック」主審がジャンプする様に右手を突き上げる。

「ピッチャー手が出ないよ、イケイケ～……バッチこい、バッチこい」

　幕張マリーンズの声援も盛り上がる。よく見ると更に観客も増え外野も満杯だ。

「……す、凄いカーブだった」

「こりゃ右に立って見よっ……今度はどんな球来るかな……」

「右で？　へっ僕？」

「いや俺が打つから手出すなよ」勇気は左バッターボックスを外し、右バッターボックスに移動した。球場全体がどよめいた。勇気は心から勝負を楽しんでいる様子だった。観客席、両軍ベンチで騒めきが起きた。

「心打てぇ～」昭人が僕だと思って勘違いしていた。

「カッコだけぇ～、バッチ打てねぇ～ぞ、カッコだけぇ」相手ベンチから対抗して声が出る。

　構えは左と完全に写し鏡になり、ピタッとトップで構える。左のアンダースローに対し、右バッターはボールが見やすいので有利だったが、柴田は右バッターに対し定石通り、外角低めギリギリを責めた。

「あっ、……」と穂香が叫ぶとボールは消え、内野も外野も一塁ランナー昭人すら、一歩も動けず逆方向ライトフェンスに跳ね返り、振向いたライトのグローブに戻ってきた。

慌てて昭人も走ったが二塁止まり、結局シングルヒットだった。勇気は一塁ベース上でニンマリ。どうだと母と父に親指を立てると、父と母は抱き合って喜んでいる。が、多分右だから僕だと思っているから、後で教えようと思った。衝撃のライナーは球場全体を静かにした。歓声も上がらず、両軍ベンチ客席もザワザワしているだけだった。

「ゆうきぃ～、ゆうきぃ～」父と母だけが、万歳しながら声をからしていた。さすが父と母は勇気だと分かっていたようで、いらない心配をした。

父と母の声に続けとばかりに大歓声が真っ青な空に響いた。

「心、母ちゃんと父ちゃん、みんなが喜んでるっていいよな。俺、本当の『勇気』って自己犠牲出来る心、人のために出来る事なのかなって……やっとわかった気がする。だから今はただ誰かに喜んでもらいたい。喜んでもらうと面白い。だから一生懸命やる。結果はどうでもいい……心も結果を気にせず、今出来る事を一生懸命になって……それだけでいいんだ」

「うん、そうだね……」僕が泣いてばかりいた間、色々な事を乗り越えた勇気は本当に偉大に感じた。物事ってシンプルなんだなと僕は思った。閻魔様もシンプルに僕達の願いを聞いてくれた。だからこうして、勇気と一緒に野球をやり、目標に向かって一生懸命努力出来た。勇気は僕の先生でもあり、かけがえのない兄だった。

ファーストにいながら勇気と話していたが、ゲームの方は後続が続かず追加点を挙げる事が出来なかった。その後は膠着状態が続き、僕は四回にピンチを迎えた。

連続フォアボールを出し、ツーウトながらランナー一、二塁で最悪のクリーンアップ、強打沖田を左バッターボックスに迎えた。沖田はあまり表情を変えず、ベースをポンポンと叩き構えた。

「カットバセぇ〜おきたぁ、カットバセエ――」大歓声だ。

父はメガホンを口にあて喚いている。母は下を向いて両手を合わせ祈っている。

「こころぉ〜、絶ってぇ〜勝つ。逃げるな」マウンドに来た清太が僕の胸をドックと

「ごっゴッホ」むせた。

「頑張れ、大丈夫だ！　心ぉ〜勇気だぁ〜」。昭人も吉田も声を掛けてくれた。

「自分で思いっきりやれ」勇気には突き放された。

「ぐっひ、うん……」泣きそうになったが懸命に堪えた。みんな守備に散った。

覚悟を決め振りかぶって投げたが……「あっ」投げた瞬間やられたと思った。

「わっおぉお、あぁ〜」歓声と共にボールは左中間を抜けて、ランナーが返り二点入った。

「オッセ、オッセぇ〜、もう一丁、もう一丁」一塁側ベンチの観客は大盛り上がりで、強打者の四番村上にもツーベース、沖田が返り三点目……流石に全国制覇の幕張マリーンズは簡単に勝たせてくれない。

「オッセ、オッセぇ〜」一段と大きくなる歓声に僕は潰されそうになった。

「ぐひィ……」「心、泣くな、まだ三点だし試合は終わってない」

「心、お前を信じる。逃げるな！」ベシっと頭を叩かれ振向くと後ろで清太が笑っていた。

「心ぉ〜俺もだ！」昭人が続くとファースト太田健斗、セカンド佐伯雄太も集まり、

「心ぉ〜勇気を出せ！　絶対勝つ！」とみんなに励まされた。

「絶ってぇ〜勝つ！」僕は涙が零れそうだったが腹の底から叫んだ。内野陣は笑って戻った。

「心ぉ〜ガッツだぁ」外野からも声が聞こえた。

「オッセ、オッセぇ～」幕張はベンチと観客が一体となり球場を揺すった。観客も膨れあがり球場は甲子園の決勝戦の様に人で溢れた。

「こころぉ～、頑張れぇ～」穂香が泣きながら大声を出しているのが見えた。

「集中しろ心、負けるな！　負けたら畳みかけられる」僕は頷きバックに声を掛けた。そして勇気の言う通り集中し、カウントツーエンドツーまで来た。アウトカウントはツーアウト二塁、最後の一球だと思い渾身の力で投げた。

「パッシーン」乾いた音が聞こえ、歓声が上がった。

振り向くとファーストの太田が横っ飛びで顔から落ちていた。審判は手を上げない。

ボールも見えない――太田が倒れたまま地面からファーストミットを上げた。

「アっアウットー」一塁塁審がジャンプし太田の後ろで手を高々と上げた。

「ふっふーふー、ナイスピッチ心」太田は顔に砂を付け、絶対諦めない意思を見せつけた。

「ッシャアぁ～、サンキュウ太田」マウンドで太田に向けガッツポーズをした。

「絶ってぇ～勝つ！」ベンチに帰ると悔しくて声を出した。

「絶ってぇ～勝つ！　絶ってぇ～勝つ！」皆が呼応し歓声が響くが――勇気は静かだった。

空は雲一つなく青かった。

――もう時間だ……耳の奥の底で聞こえた――

誇りと旅立ち

　生まれて初めて悔し涙が流れた。皆との思いが一致する事も初めてだった。

「心、悔しいよな……泣いてもいいけど諦めるな！」

「へへ……野球って面白いだろ！」

「うん」僕は素直に頷いた。一人で本を読んだりするだけでは、この経験は出来ない。勇気が以前話していた皆でやる事、出来なかった事が出来る面白さが理解出来た。

「絶対ぶっ潰す！」「うん絶対勝つ」「よし行くぞ」ベンチで口々に声を出す。

　最終回のマウンドに向かって走った。迎えるのはクリーンナップからだ。三番沖田球児、四番村上亮、五番柴田恭介、全国一番のクリーンナップだ。

　左手にグローブを嵌めマウンドに立った。最終回は交互に投げる事にした。マウンドでは勇気が右手で投球練習をした。観客は『都市伝説』を目撃できる事への期待感で、大歓声が地響きのように球場全体から沸き起こった。

　バッターの沖田もそれを楽しむ様な笑いを浮かべ、数回素振りをして右バッターボックスに入った。好敵手達と最後の勝負を楽しむつもりの勇気は、落着きと沸々と沸き上がる闘志が、伝わってくる。顔つき雰囲気も変わったと感じた。

「行くぞ、心三振でぶっ潰す」「うん」投球練習が終わると、沖田がバッターボックスに入り、例によってオープンスタンスでリズムを取る。一回目の対戦は外のカーブをレフトへの大飛球で守備に助けられた。二回目は内角高めを左中間に二塁打された。

「勇気どうする」「決まってんだろ、ど真ん中、ど・直球で力勝負だ！　ぶっ潰す」と言って何の迷いもなく振り被ると、腕が本当に『翼』の様に羽ばたいた。

「わっあああああ〜〜ゆ・う・き、ゆ・う・き——」勇気コールが鳴り響く。

——ズッドーン——予告通りど真ん中だ。大歓声が続いた。

そして今度はグローブを右手に嵌め僕が投げる番だ。

「こ・こ・ろぉ〜〜〜」僕のコールに変わった。

「心、逃げるなよ。真直ぐで、ぶっ潰せ！」「うん、ぶっ潰す」と控えめだったが言えた。

勇気のように翼を広げた——ズッドーン——左特有のクロスに沖田の膝元に食い込む。

会心のボールに歓声と共に更に大きな、こころコールが鳴り響いた。

三球目勇気にスイッチ、沖田の胸元内角高めのストレートが決まった。

「スッストラックウウ〜アウトオ〜〜」球審が右手を挙げ、躍る様に右拳を突出した。

沖田を全て直球の三球三振、完璧に抑え込んだ。ポーカーフェイスの沖田は珍しく悔しがりバットでベースを叩き、天を仰いだ。

続く四番、左バッターの村上亮、今度は僕からだ。大歓声もあまり聞こえなくなっていた。

「心、こいつも手ごわいぞ。集中しろよ。真直ぐでぶっ潰す！」「うん」「気合が足りない、ぶっ潰す」村上は自然体で基本に忠実にスクエアに立つ。殆ど穴が見つからない柔らかさが脅威に感じる。しかし興奮しているのか、そのフォームとは裏腹に、

「オオリャ～ぁああ、こいや！」と珍しく燃え上がった声を出した。気圧されそうだ。

「負けるな！　心、行け」「おう」と振り被って大きく足を上げ、無駄な力を抜いて思いっきり腕を振り、吉田のミットに投げ込んだ。

――ズッドーン――村上の豪快なスイングで、マウンドまで風が来たような気がした。それでも吉田のミットが鳴り響いた。吉田はミットを外して痺れる手を振った。勇気と同じボールを投げる事が出来た。また交互に投げ村上も三球三振に切って取った。村上は豪快なスイングを三度続けたがベースを叩いて悔しがった。ここまで一球もボールに当てさせなかった。球場はこころとゆうきコールで包まれた。球場の熱気も最高潮に達していた。

五番柴田恭介も三振を取るのが一番難しい相手だったが、全て直球ど真ん中勝負で、三振に仕留めた。ボール球一切なし、クリーンアップ三人を三球三振九球で片づけた。

何も考えず吉田のミットに投げ、集中力のせいか勇気と僕の意識はシンクロし、一人の意識に自然に統一されていた。

「わっわあああ～、おっおおおお――」球場全体が揺れているような感覚に襲われた。

後に伝説の九球と言われた投球に、スタンドも両軍ベンチも、対戦した三人も酔いしれるように大きく口を開け、腰を上下にしながら大声を出している。

「心、野球って面白いだろ！」

「うん、もっと上手くなりたい」この時の野球・チームの雰囲気こそ本当に野球を好きになった瞬間であり、投手二刀流、甲子園優勝、その後の人生を決定づけた瞬間だった。

いよいよ最後の攻撃になった。得点は三対一で負けている。

円陣を組み大垣先生が「お前らは、すごい！　絶対勝て！」

千田監督も「いいかぁ～、絶対に勝つ！　先頭バッター何としても塁に出るぞぉ～」

八重樫先生と穂香は涙を浮かべながら、ただただ祈っている。

「勇気……心、お前まで回す。絶対勝つぞぉ～！」清太が吠えた。

「おぉおお、おおおお～」とみんながオオカミの遠吠えのように吠えた。

層の厚い幕張マリーンズは、ピッチャーは柴田に代わって抑えの本格派宝田隼人だ。

長身一六八センチを超え、大きくゆったりしたフォームは、あの大魔神佐々木を彷彿とする。そして投球練習を開始すると、球場を静まらせる十分な威力で投げた。

「ズッドーン」とキャッチャーミットに突き刺さった。

「おおおおぉ～、はやと、はやと――」幕張側ではやとコールだ。

「佐伯ィ～思いっきりいけぇ～」負けずにさつきベンチ、スタンドから歓声が上がる。

「お、おぉ～」九番バッター佐伯は明らかに緊張し、青ざめ声が小さかった。

そして宝田隼人は流石に場慣れしていて、緊張もしていない風で投げた。

佐伯は手が出ない。二球目も簡単にストライクを取られたが、三球目、力なく振り遅れ

たボールは一塁線にコロコロ転がった。佐伯は全力で走った。宝田が対応したがボール
に追いつかずそのまま一塁ベースカバーに変更した。

「いけぇ〜佐伯走れぇ」全員ベンチを乗り出し大きな声を出した。

前進していた一塁手がボールを処理し、ピッチャー宝田にトス、ボールを受けファー
ストに走り、佐伯はヘッドスライディング。

球場全体が一塁塁審に注目しその審判を待った。塁審も迷ったのか数秒の沈黙が続いた。

「アッアットオオオ〜〜」一塁塁審が口を尖らせ右手を挙げて吠えた。

「グッあああ〜、くっそぉ〜」全員ベンチでは地団太を踏んだ。

「清太ぁ頼むぞぉ、せ・い・た、せ・い・た」諦めず気を取り直し声を張上げ嗄らした。

スタンドからは「せいたコール」と「はやとコール」が入り混じる。

清太がバッターボックスに入いり「ぶっ潰すぅ〜」と口を尖らせ気合を入れた。

「ぶっ潰せ清太ぁ〜、ゼッテエ〜勝つぞぉ〜、せいたぁ〜……」

勇気の声で喉が潰れると思った。僕と穂香は祈った。

宝田は表情を変えず淡々と投げて来る。これが全国に通用するメンタルなのだろうが、
赤鬼の異名をとる清太も全国級のメンタルだった。その一球目を叩いた。

「スッパ〜ン」左中間を破って球場の一番奥深く三塁打コースにボールが達した。

しかし走るのが苦手な清太は、ドタドタしながら二塁まで届かない……幕張の中継が連
携よく帰ってくる。清太が頭からカエルが手足を伸ばしたように飛込んだ。

またしても際どい判定で、静寂から二塁塁審の両手が広がり「セッセ～フウウ～」

「おお、おっおおおぉ～」大歓声が上がる。昭人が少しジャンプする様に、バッターボックスに向かい、僕はネクストバッターボックスに立った。

僕と勇気は静かに昭人を見守った。昭人も心から楽しんでいる様にも見えた。


――約束は守られた。煩い泣き声は聞こえない――


「……」勇気が頷いた様に感じ、耳の後ろで微に声がしたが「さつきィ～」「幕張ィ～」観客が増えたスタンドとベンチの大歓声でかき消えた。

「わっあああああ～」更なる歓声が上がる。叩き付けたボールが大きくワンバウンドした。長身宝田はジャンプ一番、左腕を思いっきり伸ばす。だがそのグローブを超えた。二塁ベース付近に飛んだ。ショートとセカンドが回り込み、ショートが取って清太をけん制、清太は動けず昭人はファーストに頭から飛び込んだ――

一塁塁審は「セッセフウウウ」口を尖らせ手が広がる。昭人は大歓声に答える様に、ユニフォームの土を払い、誇らしげにベースに立ち両手を上げガッツポーズをした。

「こ・こ・ろ・ゆ・う・き」鳴りやまない大合唱が響き渡る中、僕は当然の様に左バッターボックスに向かった。バッターボックスに入る前ベンチを見ると、全員腰を曲げ伸ばし、両手でメガホンを造っている。

　ドラマの様なシチュエーションに八重樫先生と穂香が両手を合わせ祈り、大垣先生と千田監督は大きな口を開け、何かを怒鳴っていた。

　スタンドを見渡すと、父と母が両手でメガホンをつくり、

「カットバセエ〜、ゆ・う・き・こ・こ・ろぉ〜」体を反らせながら腰を曲げ、胸を張っていた。その姿は陽炎でユラユラゆれる球場に浮き彫りになり、まるで砂漠の映像を見ている様だった。親も子も、敵も味方も、この球場にいる全ての人が腹の底から声を出していた。

　その歓声は球場の外を超え、どこまでも広がる青い空に木霊している様だった。

「最後だ……心が決めろ！」

「えっまだ、まだ駄目だよ」

「心、オレいつもズッと一緒だから……お前なら出来る！　誇りを持て！」勇気の意識が遠のき、時間が来たのだと察した。だけど泣いたら駄目だと涙を堪えた。

「……ありがと……」父と母のいるスタンドに深々と頭を下げた。

「ゆ・う・き・あ・り・が・と・う」と母と父は両手で顔を覆った。

「ぶっ潰す！」勇気とシンクロしていた。左バッターボックスに入った。

　――ドクン、ドクン――と鼓動だけが響いた。

　宝田がモーションを取る、陽炎にボヤケた姿はスローモーションの映像の様に動いた。焦点の会わない風景からボールは徐々に大きく、鮮明に縫い目の回転まで見えてきた。

——渾身の力で振り抜いた——

真っ青な空を見上げた。
ボールを追いかけ勇気（ゆうき）は笑って走っていた。
僕はその背を追いかけ走った。
涙が溢れ止まらなかった。
その涙は泣き虫の涙ではなかった。
・・・　・・・
ゆうき、こころコールが響き渡ったという。
今出来る事を一生懸命やる。
誇りを持つ事、諦めない心を教えてくれた。
勇気（ゆうき）の背中は揺らめき青い空に溶けた。
勇気（ゆうき）の姿は消えていた……。
僕（こころ）の勇気（ゆうき）は生きている。

――夏の全国高校野球選手権大会――

神奈川県代表「横浜国際学園高校」対千葉県代表「幕張第一高校」の決勝戦、一対〇で迎えた九回裏、横浜国際学園高校ツーアウト。迎えるバッターは三番の荒木清太（あらきせいた）、ここまで四ホームランと怪物振りを発揮しています。対するは奇跡のスイッチヒッター、投手二刀流の如月心（きさらぎこころ）。

甲子園春夏連覇、左右どちらでもホームランを記録し、三試合連続無失点記録をかけ、最後のマウンドに立ち、小学校から続くライバル対決です。

スコアは一対〇、二人の通算一〇〇回目の対決は、ツーアウトランナー無し、フルカウントとなりました。如月（きさらぎ）はグローブを右から左にスイッチ、最後は野球を始め、野球を教えてくれた今は亡き兄の利き腕、右投げで締めくくるつもりです。

甲子園は注目の対決、かつてないドラマを迎え大歓声です。

勇気（ぼくたち）が振り被り清太（せいた）が構える――甲子園は小学校の校庭の様に静まり返った。

「ズッバァ～ン」「ブン」球場に響いたのは、ミットの音とバットが風を切る音だった。

「すっ、ストラックぅ～、アウトぉ～」口を尖らせた審判の両手があがり、

「ツシャあぁ～」と勇気（ぼくたち）は両手を空に突き上げた。清太（せいた）は振り抜き膝を屈した。

「わっわぁあぁあぁあ～おっおぉおぉお――」甲子園の大歓声も小学校の時と同じだった。
時空を超え、甲子園はあの時の勇気（ゆうき）と清太（せいた）の勝負を再現した。
父と母はあの日と同じ真っ青な空を見上げ、一筋の涙で頬を濡らしていた。
・・・
「こころを虐めるな」と空に向けて指を立てた。

注目のドラフト会議は、八球団が競合した春夏甲子園優勝の投手二刀流
幕張第一高等学校、如月心（きさらぎこころ）
地元「幕張ファイターズ」が交渉権を獲得しました。

――全ての人の心（こころ）に勇気（ゆうき）は生き続ける――
野球やろうぜ！

完

著者プロフィール

千川 ゆう（せんかわ ゆう）
千葉県在住建築家。

こころのゆうき

2024年9月15日　初版第1刷発行

著　者　千川 ゆう
発行者　瓜谷 綱延
発行所　株式会社文芸社
〒160-0022　東京都新宿区新宿1－10－1
電話　03-5369-3060（代表）
03-5369-2299（販売）

印　刷　株式会社文芸社
製本所　株式会社MOTOMURA

ISBN978-4-286-25671-9　JASRAC　出2404301－401